穿越时空的

The Time Traveller
and the Tiger

寻虎女孩

献给大卫·埃米尔·塔莱，

永远永远。

[英]塔妮娅·昂斯沃斯 / 著

[英]海伦·克劳福德－怀特 [英]劳拉·布雷特 / 绘

徐德荣 李婕 / 译

穿越时空的
The Time Traveller
and the Tiger
寻虎女孩

GUANGXI NORMAL UNIVERSITY PRESS
广西师范大学出版社
·桂林·

穿越时空的寻虎女孩
Chuanyue Shikong De Xunhu Nühai

出版统筹：伍丽云　　　　　　　　责任营销：冯彦中
质量总监：孙才真　　　　　　　　责任美编：潘丽芬
责任编辑：郭　静　　　　　　　　责任技编：马其键

图书在版编目（CIP）数据

穿越时空的寻虎女孩 / (英) 塔妮娅·昂斯沃斯著 ; (英)
海伦·克劳福德-怀特, (英) 劳拉·布雷特绘 ; 徐德荣, 李婕
译. -- 桂林 : 广西师范大学出版社，2024.1
（魔法象．故事森林）
书名原文: THE TIME TRAVELLER AND THE TIGER
ISBN 978-7-5598-6480-2

I. ①穿… II. ①塔… ②海… ③劳… ④徐… ⑤李…
III. ①儿童故事 - 图画故事 - 英国 - 现代 IV. ①I561.85

中国国家版本馆 CIP 数据核字（2023）第 201654 号

广西师范大学出版社出版发行

（广西桂林市五里店路 9 号　邮政编码：541004）
（网址：http://www.bbtpress.com）
出版人：黄轩庄
全国新华书店经销
唐山富达印务有限公司印刷
（唐山市芦台经济开发区农业总公司三社区　邮政编码：301501）
开本：880 mm × 1 240 mm　1/32
印张：9.5　　　　字数：155 千
2024 年 1 月第 1 版　　2024 年 1 月第 1 次印刷
定价：38.80 元

如发现印装质量问题，影响阅读，请与出版社发行部门联系调换。

目 录
CONTENTS

上 篇

客房里的
老虎

第1章

1946年，印度中部。

它一动不动，约翰确信它已经死了。

他不知在原地站了多久，身体僵硬，满脸震惊又觉得难以置信。刚刚，鸟儿们从树上一惊而起，此起彼伏的惊叫声响彻整个森林。现在，林中的空地总算安静了下来。约翰走上前去，双手仍然握着枪，眼睛死死盯住草地上的尸体。它背对他趴着，在正午强烈的阳光下，毛色显得更加鲜亮。他又往前走了几步，停下来之后心跳如雷。昆虫们在灌木丛中跳来跳去，一只藏在树丛中的啄木鸟笃笃地啄着，啄啄停停，停停啄啄。

约翰伸长脖子凑近看。

地上的老虎突然大吼一声，异常凶猛地翻过身来，约翰还没反应过来就被扑倒在地。有一瞬间，他感到自己双脚是腾空的。旋转的天空，猛兽紧实的皮毛和它灼热的呼吸，令他无比晕眩。随即，疼痛撕扯着他的身体，片刻后，他失去了所有知觉。

当约翰睁开眼时，天已经黑了。夜空中依稀有星星闪烁，他侧躺在地上，余光瞥见黑魆魆的树影。他的枪也在不远处，在月光的照耀下，泛着银光，他却够不着，因为一个又热又重的东西让他动弹不得。约翰抬起了头。

他大吃一惊，似乎心跳都要停止了。

老虎正趴在他身上，压住了他的腿。约翰能闻到它身上扑面而来的气味，有些刺鼻，带着麝香味。他看到它的背脊，颜色比夜空还要暗十个度。当他盯着老虎的时候，老虎的背脊弓起了一点儿，他感到老虎全身抖了一下。

它还活着！

约翰体内的每一个细胞都凝固了。然后他的心开始狂跳，头顶上的星星都在发抖，仿佛天空正在摇晃。现在，老虎随时都会转身咬死他。约翰希望自己已经死了，这样就能结束这一切，平息他那颗狂跳的心。他费了很大的劲，终于抬起右手，抓紧衬衫的前襟，等着那一时刻的来临。

但什么也没发生。只有寒冷的夜风吹拂着草丛，还有老虎的背脊随着呼吸起起伏伏。

没有老虎会让自己暴露，尤其是受伤的老虎。这一点约翰不需要曼迪普告诉他。如果可能的话，它会把自己掩藏起来。

他感到老虎又吸了一口气，然后又缓缓地呼出去。

这只老虎受了重伤，无法将自己藏起来。它和约翰一样动不了。他们同病相怜，仿佛在同一条船上。恍惚间，约翰觉得自己正置身于一艘船身狭窄、船篷短小的渔船里，老虎在船尾用长桨掌舵，而约翰则在船头瞭望。画面如此清晰，如此奇异，这让他内心燃起了一丝希望的火花。也许他在做梦，正在家中卧室的蚊帐里熟睡，很安全。

然后，疼痛再次袭来。它突然出现，好像……好像这只老虎一样……一直等待着要袭击他，刀削似的痛从他的右腿一波波地蔓延开。他听到自己的呻吟，仿佛在回应远处叶猴的号叫。天空变得模糊起来。

时间流逝。他分不清过了一分钟还是一小时。他发现如果把肩膀扭到一边，疼痛会稍微减轻一些，于是抓起一丛草把自己固定住，咬紧牙关。

他想，自己的腿一定断了。他还没死真是个奇迹。老虎本可以轻而易举地杀了他。曼迪普曾说过……

他一阵头晕，抓住草的手因出汗而打滑。

曼迪普说，老虎的前爪强大到足以拍死一头成年公牛，也灵巧到可以抓住一只飞过的苍蝇。在一次狩猎中，一只老虎突然冲出灌木丛，从一个猎人的头顶一跃而过。它跃过时，几乎没有碰到那个人。然而，当其他人去扶他起来时，却发现猎人死了。老虎折断了他的脖子，好像那只是一根树枝。

曼迪普曾告诉约翰，如果一只老虎想杀死你，地球上没有任何力量可以阻止它。

约翰想："它并不想杀我，它只是在自卫。"

他开始神游，思绪飘回家中，家里人会在天黑前发现他失踪了，不过就算派出一个搜救队也无济于事。因为他们会等到天亮再出发搜寻，到那时可能已经晚了。约翰想知道如果自己死了，他的父母是什么感受。当然会伤心，不过更多的是失望。

疼痛渐渐消失了。取而代之的是一种悚然的寒意，仿佛他的骨头变成了冰。

他盯着老虎庞大的黑影。老虎的呼吸似乎比之前慢了，他发现自己不自觉地数着它身体的每一次起伏。

一……二……

也许，如果试试，他可以这样数到第二天早上，和老虎在同一条船上共存。

八……九……

船篷是蓝色的，长长的桨划过，水滴飞溅，闪闪发光。他所要做的就是全神贯注，他可以一直数，直到划到岸边，划过汹涌的土褐色河流。

不知什么时候，约翰松开了抓着草丛的手。眼下，他已经不知道自己在干什么，他抬起手，放到老虎的背上，手掌平贴在温暖柔滑的兽皮上。

三十七……三十……

天空泛起了鱼肚白，黎明的薄雾在高高的草丛上凝结成露珠，草尖上银光闪闪。空中满是鸟儿的鸣叫，有上百种不同的声音，叽叽、咕咕和呖呖声不绝于耳，但是约翰几乎听不到。不知数到哪个数时，他犹豫了一下。他数不清了。而且，现在也没必要重新开始。

老虎静静地躺在他的手掌下。

远处，一只秃鹫张着宽大的翅膀，悠哉地盘旋。约翰的眼神追随着它，感觉自己的灵魂也飞离了身体，和秃鹫一起，在高空中俯视着自己。他看到自己的脸转向了天空，看到了老虎的身体一动不动。它看起来比他印象中的要小得多，整个躯体渐渐失去光泽，皮肤上生命的火焰正在变得暗淡，像夏末的草地一样枯黄。

约翰心中充满了悲痛。那是一种深知自己的错误永远无法挽回的悲痛。泪水涌上他的眼眶，止不住地顺着脸颊往下淌。他听到一声呼喊和奔跑的脚步声。搜救队的人来了。曼迪普俯身靠近他，握住他的手。

约翰想说话，但一个字也说不出来。

"别动。"曼迪普说。

他被抬回家，一个仆人跑到镇上找来医生。他的断腿永远无法完全治好。这意味着，他走路会一直一瘸一拐，不过他迟早会习惯的。随着时间的推移，他会习惯很多事情。新的家，新的国家，还有一种不同的看待世界的方式。

但在他的一生中，即使等他老了，都无法消除那天早上老虎死时他内心的罪恶感。就好像发生了本不该发生的事，好像在正常的万物运转中出现了一个错误。正因为如此，他的余生会同他走路时的步子一样：

总是跌跌撞撞。

第2章

现在，英国。

叔公约翰·拉西特的客房里有一只老虎。

埃尔西打开门看到后差点儿尖叫起来。然后她发现那并不是一只活着的老虎，那仅仅是一只曾经的活虎。它如今躺在地上，空荡的四肢展开着，像一朵巨大的，带条纹的花被压在书页之间，扁平而干燥。只有它的头完好无损，下巴定格在咆哮时候的样子。

除了一个装着百来个一模一样的杯碟的玻璃柜，房间里没有其他东西。埃尔西绕着老虎走了一圈，边走边看。然后，她屏住呼吸，弯下腰，用指尖碰了碰它的头。

老虎的眼睛是玻璃做的，目光中透着呆滞。

埃尔西回到走廊。她听到叔公在厨房做早餐，锅碗瓢盆发出叮叮当当的响声。他这会儿随时都会叫她，而她必须去和他交谈。对她而言，这是一个完全陌生的人，这个人的客房里还有一只死老虎。

要是妈妈没弄错自己的放假日期就好了。

"我不知道怎么把日期弄错的,"前一天,妈妈在开车去叔公家的路上,第二十次这么说,"我以为你下周才放假。"

埃尔西什么也没说。她已经习惯被忽略,这种情况也不是一次两次了。就在上周,学校组织去野生动物中心参观,返程时,她还没上车,大巴就已经绝尘而去。整整十七分钟后,才有人注意到她不见了。她坐在中心入口处的长凳上,等啊等,努力想些愉快的事情。确实很滑稽,不是吗?她已经认命了。这就是场冒险!

埃尔西觉得自己很容易被忽视,因为她太矮小了。而且,除此之外,她没有什么突出特征。她既不是班上前几名,但也不垫底;她不擅长运动,但也不是太差劲。她既不受欢迎也不让人讨厌,既不胆大也不胆小,既不漂亮也不难看。

埃尔西想,如果在一部电影里,她会是一个多余的角色。当主角们正在进行精彩的对话,或者与歹徒搏斗,或者单纯地带着主角光环在街头漫步时,他们的轮廓都要比别人的清晰,而埃尔西只是背景里游荡着的人

中的一个。

"我想你会喜欢叔公的。"妈妈说。

"但我从没见过他。"埃尔西说。

"哦，你当然见过！你出生的时候，我和你爸爸跟他住在一起。他还给你挑了名字：就是他母亲的名字——也就是你的曾祖母——名叫埃尔西。你很小的时候，我们经常去拜访他，后来我们才搬到了波士顿。"

埃尔西不记得了。她大部分时间都住在美国，父母去年才决定搬回英国。

"我就是不明白，为什么不能跟你一起去开会呢？"

"这个事早说过了，"妈妈说，"带你去的话，你没事可做，我的会也不能不开。而且，爸爸要到下周四才能出差回来……这是个糟糕的时间点……"

埃尔西叹了口气，低下头看笔记本，妈妈说话时，她的笔尖在纸上快速地移动着。

凯尔西·克尔维特的奇妙冒险

凯尔西·克尔维特出生时，她的父母非常高兴，

他们希望一年中的每一天都能成为她的生日，他们总

是为她安排美妙的暑假，尽管他们不是很付复

"'富'字怎么写来着？"埃尔西问。

"你在听我说话吗？"妈妈问，"我在跟你说叔公的事。他是个很好的人。我总是想他为什么从未结婚。多年前，我妈妈告诉我，他有一个喜欢的女孩，但由于某种原因，他们没能在一起，他之后再也没有爱上过任何人。但这就是约翰。一旦他脑子里有了主意，可能就会非常固执……"

埃尔西盯着车窗外，咬着笔头。

有一天，凯尔西的妈妈说："我们要给你一个很棒的惊喜。你想在得克萨斯州的牧场过暑假吗？"

凯尔西以前从未骑过马，但当她坐上马鞍，她一下子知道该怎么做了。

"我从没见过这样的事，"牧场主说，"你真的天赋异禀。我的一个手下被响尾蛇咬伤了，你能替他参加下周的竞技表演吗？"

"没问题！"凯尔西·克尔维特说。

"我不知道我是怎么把日期弄错的，"埃尔西的妈妈第二十一次说道，"真的非常抱歉。"

"没关系，"埃尔西告诉她，"只待一个星期，也许会很有趣。"

妈妈感激地看了她一眼，说道："你很善于随遇而安，埃尔西。"

第3章

埃尔西回到房间换好衣服。她的牛仔裤太长了，她不得不把裤腿卷起来才合穿。裤腿卷起的她露出脚踝，看起来好像要去蹚水一样。

从好的方面来看，卷起的部分出乎意料地能装下不少东西，这几乎和口袋一样好用，埃尔西想。

叔公做了鸡蛋、培根、烤豆、炒番茄和吐司当早餐。

"我多做了些培根，"他说，"我想，大家都爱吃培根，不是吗？"

埃尔西点点头，盯着桌子。食物太多了，她几乎看不见自己的盘子。

"吃点儿培根是没错的。"叔公说。

"我也觉得。"埃尔西说。她试着在拿起叉子的同时不让一个鸡蛋滚到桌布上。桌子上摆着餐巾纸、一瓶花、一个牛形黄油盘，还有一组盐和胡椒的调味瓶，看起来像是纯银做的。她想，叔公为吃早饭费了不少劲。

他去冰箱取牛奶时，埃尔西匆匆瞥了他一眼。他很瘦，头发还有很多，虽然走路一瘸一拐，但他从厨房的一边到另一边并没有很吃力，也没有花很长时间。她认定对一个这么老的人来说，他看起来相当正常。

他在桌旁坐下，清了清嗓子。埃尔西想他是不是又要说起培根了。她有种感觉，叔公和她一样很难找到彼此感兴趣的话题。

"早餐很好吃，"她说，接着又添上一句，"谢谢你，叔公。"

"叫叔公有点儿拗口了，不是吗？"他说，"也许你可以叫我……"他停顿了一下。"也许叫'约翰爷爷'更容易些。"他琢磨了一阵子，建议道。

"好的。"

接下来又是一阵沉默。"我希望你待在这里不会觉得太无聊，"他说，"这和你想象的暑假不太一样。村子很小，当然这里总有树林、河流……"他的声音渐渐变小了。

"听起来真不错，"埃尔西说，"我喜欢探索。"

"吃过早餐后，我会带你参观房子。这样你就知道东西都放在哪里了。"

"我已经在楼上看过了，"埃尔西承认道，她犹豫了一下，"那个……老虎是从印度来的吗？"

埃尔西的妈妈曾经告诉她，约翰小时候住在印度，当时这个国家仍由英国统治，所以她觉得这个猜测可能是对的。

他点点头："是的，的确如此。"

埃尔西想起了老虎咆哮的嘴。这本应该是可怕的，但它看起来既陌生又悲伤。

"你为什么把它放在那个房间里？"

约翰爷爷额头上的皱纹似乎加深了。他沉默了很长时间，埃尔西以为他不会回答了。

"我必须留着它，因为是我杀了它，"他最后说道，"我十二岁的时候开枪杀了它。"

埃尔西盯着他。

"这是我一生中做过的最糟糕的事。"约翰爷爷说。

第4章

凯尔西很快就掌握了牛仔竞技的窍门。当她飞快地冲进场地，挥舞着套索，每个人的目光都聚焦在她那高高的灰色身影上——

"你觉得牛在牛仔竞技表演中被套住会受伤吗？"那天下午，当他们坐在客厅里时，埃尔西问约翰爷爷。

"可能不会。我想它们已经习惯了。"

埃尔西喜欢他应对这个问题时淡然的样子。

"但他们也对小牛这么做，这好像不公平。"埃尔西说，"小牛一定很容易被抓住。"

"小牛非常灵活，"他说，"它们经常到处跑。"

约翰爷爷认真对待她每个问题的样子，埃尔西也很喜欢。

早餐过后，他带她参观了房子，然后他们在村子里散步。埃尔西一看到眼前的景色心就情不自禁地往下沉。这儿太安静了。没什么是动起来的，没有人开门、开窗，也没有人在大街上散步。唯一移动着的就是那条小溪，从村中心的一座石桥下流过。

他们来到村子上方一处宽阔的、长满青草的山坡上。山脚下有一段铁轨，杂草丛生。

"火车不再经过这里了吗？"埃尔西问道。

约翰爷爷摇了摇头："不久前他们把这条线停了。不过那儿一直是个危险的地方。很久以前，一个小男孩在离这里不远的地方被一列火车轧死了。"

"太可怕了。"

"他才两岁，"约翰爷爷说，"他与保姆走散了，不知怎的上了铁轨。"

约翰爷爷指着山顶上的一排树说："事情发生的时候，我正在树林里散步……"

"那一定很可怕。"埃尔西说。

约翰爷爷目光沉沉地看了她一眼："就像我说的，那是很久以前的事了。也许我们该回去了。来一杯茶怎么样？我有三种不同的饼干。"

"那太好了。"埃尔西说，尽管她确定，早饭吃完才不过五分钟。

"吃饼干是绝对没错的。"约翰爷爷说。

第5章

对约翰爷爷这个年纪的老人来说，他的家里实在没有多少东西。大多数人的家里都堆满了各种各样的东西。小摆设、精美的靠垫、出去游玩带回来的纪念品……约翰爷爷的房子里空荡荡的，这使得他仅有的东西都格外显眼。一幅画着河上的旧木船的画，一张他成为医生时的镶框证书，还有一对有着抛光黑色手柄的弯刀挂在壁炉上方的墙上。

"这是仪式上用的廓尔喀刀，"他告诉她，"是我父亲在印度的时候被授予的。你知道，他当时在军队里。"

"为什么？"

"哦，那时候很多人参军。"

"不，我是问他为什么被授予这些？"

"哦。"约翰爷爷停顿了一下，"这我不知道。"

喝过茶后，埃尔西去探索后花园。花园很大，玫瑰花丛簇簇，一大片草坪一直铺到山脚的小溪。埃尔西站在岸上，凝视

着深色的、湍急的水流。她本来想去游泳，但她看了看发现水太浅了。

至少还能蹚水玩，不过她认为应该把这项活动留到第二天。在约翰爷爷家几乎无事可做，任何活动——甚至是蹚水的次数都必须严格限制。然而，有所期待总归让日子不再那么无聊。

她叹了口气。以前，凯尔西·克尔维特从不需要挖空心思找点儿期待，更不用说，还期待去蹚水了。在第十五章《奇妙冒险》中，为了一次挑战，凯尔西一口气横渡湖面，然后，再来一次挑战，又一路游了回来。

埃尔西快快地走在草坪上。她走近时，约翰爷爷拿着水壶走了出来。埃尔西跟着他绕到房子的一边。

他进了温室。埃尔西从门边往里看时大吃一惊。正屋里空空荡荡，温室里却满满当当。各种各样的植物枝叶繁茂，她几乎看不见约翰爷爷。里面的空气又暖又湿，充满了扑鼻的花香。

"这些……都是你种的吗？"埃尔西问道。

"除了浇水，我真的不需要做太多。"他说，不过他脸上露出高兴的表情。

"闻起来很香。"

"那可能是茉莉花，"他一边说着，一边给她看了一束小小的白花，"这个品种被称为'印度美人'。那边的是夹竹桃，也有很浓的香味。我母亲过去常在花园里种这种花。还有金盏花，不过这些花开得到处是……"

"这些植物都来自印度吗？"

"是的，"他说，"这里几乎所有的植物都在那里长大。"

他放下水壶，一瘸一拐地走到温室另一边的一排花盆前。"这些是兰花，"他说，"我在种兰花上没有多少运气。"

埃尔西想这些只不过是一些淡黄色的花茎罢了，不过她出于礼貌没说出口。

"几年前，有一株确实长出了花苞，"他说，"所以还是有理由抱有希望的。"

妈妈是对的。约翰爷爷一旦有了主意，可能会很固执。

"这儿种了什么东西吗？"埃尔西指着一个大花盆，里面装满了泥土。

约翰爷爷笑了："是的，有一粒种子。我在七十多年前种下的。"

即使对约翰爷爷来说，这也有点太固执了，埃尔西想。

"难道它现在不应该……有点反应吗？"

他摇摇头，仍然微笑着。"它结自一种非常特殊的植物。人们说这种花只开一次。种子在土里埋上几十年，十分干瘪，看起来好像死了。然后，它会在一夜之间发芽开花。我自己从没见过，所以我不知道这是不是真的。它极其稀有，可能是世界上最稀有的植物。"

埃尔西盯着花盆瞧："你从哪儿弄来的种子？"

"在印度的最后一天，一位朋友送给我的。他叫曼迪普。我们道别时，他把种子塞到我手里。他告诉我，据说这颗种子有神奇的力量。它名字的意思是'时间之花'。"

"他为什么送这个给你？"

"我想他是想让我永远记住那一刻，"约翰爷爷说，"我永远不会忘记。他对我来说，与其说是朋友，不如说是兄弟。可以说我们是一起长大的。"

"他现在怎么样了？"

　　"我不知道。"约翰爷爷的眼神很悲伤，"我之后再也没见过他。"

第6章

晚上，埃尔西的妈妈打来电话，问她过得怎么样。

"很好，"埃尔西说，"我们正在看电视。"

她以前看过这部电影，不过第二次看还是一头雾水。许多穿着苏格兰短裙的男人坐在城堡里互相争吵。接着战争打响，除了主角，所有人都死了。

埃尔西想，其他人是否事先知道他们只能坚持三分钟就会被箭击中。她觉得可能是知道的。因为这些人奔向死亡时几乎是声嘶力竭，好像明白自己必须拼尽全力。

他们就像她学校里站在唱诗班后排的孩子们一样，即使知道只能哼唱，但仍然保持微笑。

埃尔西很清楚那种感觉。

在学校音乐会排练的第一天，她一开始是站在前排的。

"生活有黑暗和苦恼，"她唱道，"也有光明和微笑。"

歌声缓缓地响起，逐渐形成一首鼓舞人心的合唱。埃尔西激动地提高了嗓门。

"保持微笑！永远保持微笑！保持微笑的——"

音乐老师努内斯先生脸上掠过一丝痛苦的表情。他示意大家安静。

"这个调子很难，"他看着埃尔西说，"也许你哼唱会好一点儿。"

于是她不得不和其他哼唱的孩子们一起站在后面。

那天晚上，在《奇妙冒险》第二十六章中，凯尔西·克尔维特也遇到了类似的事情。只不过她是唱诗班里唯一不用哼唱的人。

"你唱得太好了，其他人的声音听上去都显得单调乏味。"老师说，他平时挑剔的脸上露出了惊叹的神色，"你的声音甚至可以驯服最凶猛的野兽的心，让我喜极而泣……"

电影里，穿着苏格兰短裙的男人们还在厮杀战斗。埃尔西看了一眼对面扶手椅上的约翰爷爷。他看上去好像睡着了。

"约翰爷爷？"她低声喊道。

他发出一种奇怪的、受惊的声音，使埃尔西感到尴尬的同时又有些抱歉。

"我只是休息一下眼睛。"他说，他看看壁炉台上缓慢滴答作响的时钟，"也许该睡觉了。"

"好吧。"埃尔西说，虽然现在才八点半。

时钟旁边摆着一组照片。她看到一张熟悉的脸。"那是妈妈！"她说，"还有我小时候。"

"这是在你刚出生后拍的。"约翰爷爷说。

埃尔西觉得，妈妈看上去像是从楼上摔下来那样虚弱。

"那是我的父母。"约翰爷爷指着一张泛黄的老照片说。照片上的人僵硬地并排站着，女人身着白色衣服，男人身穿束腰夹克，头戴一顶质地坚硬的碗形帽，帽檐遮住了眼睛。

"这是一顶太阳帽，"约翰爷爷告诉她，"在印度，我们每次出门都得戴上它。"

"那是谁？"埃尔西指着壁炉台上剩下的另一张照片，一张坐在门楼顶上的年轻女子的黑白肖像照。她身穿一条收腰印花长裙，一双老式鞋子。头发梳得整整齐齐，有一缕在风中散落了下来，她抬起手，好像正要把乱发从脸上拂去。

这是一张可爱的照片，一部分原因是这个女人很漂亮，但埃尔西想，主要是因为她看起来很有趣。她看起来正要放声大笑，或者准备跳起来在门楼上倒立。

"那是科琳。"约翰爷爷说。

当他说出这个名字的时候，他的声音饱含深情，埃尔西突然确信这就是母亲在车里和她提起的那个女孩。那个约翰爷爷想娶的女孩。

"我已经六十四年没见过她了。"

"为什么呢？"

他把目光移开，嘴唇紧抿。"被火车撞死的那个小男孩是她的侄子，"他说，"那天是她照顾他的。不久后他们一家就离开了村子，再也没有回来。我想，是因为这里有太多回忆了。"

"你可以试着在 Facebook[1] 上找她。"埃尔西小心地提议道，想让他开心一些。老年人喜欢在 Facebook 上查找同龄人。

他看着她。"是的，常有那样的事。"他笑着说。

他上楼时，她跟上去。客房的门仍然关着。埃尔西

[1] 脸书，一个网络社交平台。

想起了老虎的玻璃眼睛，眼神呆滞地盯着另一边。

"约翰爷爷，我能问你件事吗？"

"当然。"

"如果杀死那头老虎是你做过的最糟糕的事，那你为什么还要这么做？"

他点了点头，好像他一直在等这个问题。"我没想到老虎会在那里，"他说，"我本该能想到的。我整个上午都在跟踪它。但不知怎么，我不相信我真的能找到它。突然，它出现了。它没有看着我，也没有动。它只是站着。好像它是在做梦……或者是我在做梦。"

他停顿了一下，接着又说；"直到我听到枪声，看到老虎倒下，我才完全明白这是真的。这个回答，你觉得说得通吗？"

"我不知道。"埃尔西说。

"这是个好答案，"他说，"我也不确定这对我来说是否说得通。"

第7章

埃尔西想，早睡的结果是醒得也早。天还很黑，不过透过窗帘往外看的时候，她发现黎明将近。远处树林上方的天空渐渐变得灰蒙蒙的了。

她穿上衣服，蹑手蹑脚地下楼，每踩到地板上发出咯吱声的地方，就停顿一下。在厨房里，她犹豫了一会儿，想知道是否能泡杯茶。水壶已经在炉子上了。那是个老式的炉子，必须手动打火。埃尔西在抽屉里找了一盒火柴，才意识到她没有给水壶接水。于是她拿起水壶放到水槽里。

厨房在房子的一侧。透过水槽上方的窗户，她可以看到小路和温室的正面，玻璃窗在清晨的阳光下闪闪发光。

温室的门微微开着。

这不要紧，埃尔西想。接着，她想起了约翰爷爷在兰花身上付出的心血。那些娇嫩的植物可能会冻伤。她赤脚穿上运动鞋，抓起挂在椅背上的套头衫就走了出去。天气比她预想的要冷。她沿着小路匆匆走去。

一把靠在温室边上的扫帚滑倒了。扫帚杆一半在门里，一半在门外。埃尔西弯下腰把它捡起来，这下门开得更大了，她紧张地朝里面看了一眼。

潮湿的空气里透着一股乳白色的光泽，植物被薄雾笼罩着。她直起身子，瞪大眼睛。透过棕榈树和蔓生蕨类植物的叶子，她可以清楚地看到温室的另一边，那儿放着兰花和约翰爷爷的空花盆。

但花盆现在不是空的。

埃尔西走近，心想她是不是弄错了。但那是同一个花盆，同样光滑的釉面和磨损的边缘。干涸的土壤里长出了两片宽大的蜡绿色叶子。在叶子中间开着一朵孤零零的花，形状长得像百合。

花是天青色的，群山一样的青色。如同遥远的山峦，在尽头几乎融入青天。

她必须告诉约翰爷爷。她必须跑去把他从床上喊起来。但埃尔西动不了。

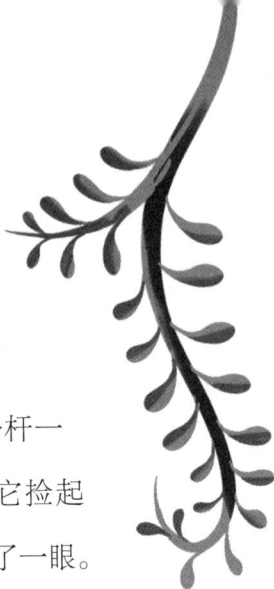

这朵花只有一片花瓣，呈螺旋状卷曲着。埃尔西越盯着花看，就越想起那些错视现象——不管你怎么努力——总是会把你的眼睛引回到最开始看到的地方。更让人困惑的是，这朵花的花蕊颜色并没有像大多数花一样比花瓣深，而是变淡了。

她想，也许这就是为什么花的里面看起来比外面要大很多。

这朵花有一种奇怪的气味。埃尔西想不起是什么味道，甚至不知道如何描述它。味道特别甜，又特别苦。然而，苦味和甜味并未相抵，而是互相激发，闻起来更加浓郁……

她得去找约翰爷爷。她现在就得去把他叫来。

埃尔西把脸凑过去，又吸了一口它的味道。

时间之花。

她闻到的是时间之花吗？埃尔西很好奇。这就是时间的味道吗？

中 篇

时间之花

第8章

1946年，印度中部。

一切如常，除了多了些东西。

气温变得暖和了些，天色比刚才明亮了十倍，四周的植物似乎都从花盆里长出来了。埃尔西右边的灌木和一棵树一样高。她往后退了一步。

它不只像树那么高，简直就是一棵树。后面还有一棵。约翰爷爷的兰花逃走了，正沿着树枝往上爬。一只鸟在啼鸣。

埃尔西感到一阵惊慌，以为小鸟被困在温室玻璃里了。然后她发现四周没有玻璃。她转过身来，也没看见把门撑开的扫帚，甚至连门也没有。只有一条弯弯曲曲的小路，点缀着斑驳的树影。

这些植物不是来自印度，而是真的出现在了印度。

这儿静极了，昆虫持续的嗡嗡声和远处鸟儿的啾啾声衬托得四周更加安静。

埃尔西睁大了眼睛，她的目光在树木之间跳转，大脑因不可置信而一片空白。然后，她深吸了一口气，试图理清思绪。她知道自己不是在做梦。但也许最好告诉自己是在做梦。这都是一场梦。醒来，装满水壶，看到温室的门开着……

有东西刺痛了她的手臂。她不由自主地把它拍开。

"哎哟！"她大声喊道。

这是一个活生生的梦，她一边想，一边审视着手肘上方的一点儿血迹。

她听到一阵沉稳的、急促的脚步声。有人沿着这条小路朝她跑来，但是速度太快了，她一时辨别不出是谁。然后她看到一个男孩。他停下来，一动不动地站着，盯着埃尔西瞧。

他穿着长袖衬衫、卡其色短裤和及膝羊毛袜。胸前斜绑着一个包，肩上挂着一支步枪。但最吸引埃尔西注意的是他瘦削的身材。他可以用一根手指绕过衣领而不必碰到脖子。他全身最宽的部位是他那关节突出的膝盖。

"你到底在干什么？"他问。

埃尔西不知道怎么回答这个问题。

男孩走上前去。他拿着一顶帽子，看起来和约翰爷爷壁炉架上的照片里的帽子一样。

"你从哪里来的？"他问道。

埃尔西犹豫了一下。"英格兰？"她大胆地说。

"哦，那你一定是来度假的，"他说，"你的家人住在哪里？"

"我……不知道。"

"迷路了，是吗？这是你第一次来这里吗？"

"是的。"埃尔西说。

"我想是因为战争，所以你现在才能出来。"

"是的。"埃尔西再次说道，尽管她听不懂他在说什么。她认定最好的办法就是对凡事都表示认同。这样，她至少有一半的机率说对。

"我不知道怎么——"男孩突然不再说话，盯着埃尔西的脚，"我说，英国人都穿这样的鞋吗？"

埃尔西瞥了一眼她的运动鞋。

"是的。"

"好吧，我不能一直站在这儿和一个女孩儿说话。"他挺直了骨瘦如柴的肩膀，"你得自己找回去的路。"

"我不知道怎么找。"

他指了指身后的小路："继续走六七英里[1]，你就到城里了。"

"六七英里？"

他把步枪的带子拉回原位。埃尔西注意到木托上刻着姓名首字母：J.L.。

"那是你的枪吗？"她问道。一种震惊又不安的怀疑开始在她心头萦绕。

男孩点点头。埃尔西仔仔细细地观察他那张又窄又小、大汗淋漓的脸，试图辨认出点儿什么。什么都看不出来，除了眼睛周围可能有点儿像……

"那么，这些首字母……是你的名字？"

"不然还会是谁的？"他看着她，"你没事吧？你脸色苍白得可怕。"

埃尔西觉得特别无力。她不能再继续假装这是一场梦。不知道怎么回事，那朵时间之花把她也带回了过去。

"你多大了？"她问道，声音微弱。

"十二岁。我不知道你问这些问题有什么用。"

十二？埃尔西费力地算起来，数字在脑海中穿梭。1975？

---

[1]　一英里约1610米，六七英里即10000米上下。

1846？ 后一个好像是对的。不，她少算了一百年。现在是1946 年。

她吞吞吐吐道："你……打算拿枪干什么？"

"我要去抓一只老虎。"

"哦，不！"埃尔西没能控制住自己，喊了出来，"不，不可以。"

第9章

回到七十四年前就算了，但居然还发现自己正在和自己的叔公对话。尤其是当他十二岁的脸上带着轻蔑的表情盯着你的时候。

"你一定中暑了，"约翰说，"不戴太阳帽到处跑就会中暑。所以说你到底多大了？六岁？"

"我十一岁了。"

"有点儿矮，不是吗？"

埃尔西想，这话从一个裤腰带要绕两圈才能勒紧短裤的人嘴里说出来也太好笑了。但她打定主意最好什么都不说。

"你叫什么名字？"他问道。

埃尔西犹豫了。她突然想到，如果叔公只有十二岁，那他还不是她的叔公，甚至不算她的叔叔。她的父母都还没有出生，这意味着，严格来说，埃尔西还并不存在。

她现在可以是任何人。

"我叫……"

"什么？"

"凯尔西。"她咕哝道。

"你说什么？"

"凯尔西，"埃尔西大声说，"凯尔西·克尔维特。"

"凯尔西·克尔维特？"他重复道，"这听起来是瞎编的。"

"哼，没有。"埃尔西说。

他又拉了拉步枪的皮带，说："我已经浪费了足够多的时间。你应该回家了。"

"但我不知道怎么走。"

"我告诉过你，沿着小路走。"

"等等！"

但他已经跑开了，他的包在背上弹来弹去。埃尔西看着他转过弯，消失在视线里。

她抬起头来，即使被树木遮住，太阳还是很热。脱下套头衫系在腰后，她发现了一棵长着大片叶子的灌木，拽下一片叶子，用一根草把它绑在头上。这算不上一顶帽子，草叶总是滑到她眼前，让她觉得痒痒的。但总比什么都没有要好。

她深吸了一口气，然后朝约翰离开的方向吃力地走去，牛仔裤的卷边摩擦着她滚烫的双腿。

看起来，有时候，就连凯尔西·克尔维特也不得不随遇而安了。

约翰一定是加速了。当埃尔西走到拐弯处时，连他的影子都看不见了。前面更暗了。在小路的一边，地面陡峭上升，通向一片茂密的灌木丛。在另一边，阳光在一排排高大的树木中闪烁，树枝远远高于她的头顶。不知在什么地方，一只看不见的动物突然尖叫了一声，把埃尔西吓了一跳。她转过身，看见约翰正穿过树林，向远处的草地走去。

她急忙跟在他后面，一只手紧紧地捂在头顶，不让草帽掉下来。

"哎！"地上到处都是枯枝，她转弯就被绊了一脚。"哎！"她又喊了一声，声音比上一次更大了。有什么东西钩住了她的腿。她试图挣脱，却失去了平衡，脸着地跌到草地上。

"到底要干吗？"约翰大步走来，他瘦削的双膝叉开了草丛。埃尔西站起来，把帽子扶正，"我是故意的。"她说。

"笨蛋。"

"笨蛋？"她重复了一遍。这显然是一种侮辱。埃尔西瞪着他。她断定，约翰爷爷老的时候比年轻的时候好多了。

"回家吧。"

"你回家吧。"

"你是鹦鹉还是什么？"

埃尔西正试图想出一个好的回答，这时约翰愣住了。他的视线从她脸上移开，朝向草地的中心，聚焦在她左边的一个地方。她慢慢地转过头来。

"别动。"

一头老虎站在那里，一动不动。距离如此之近，近到埃尔西可以用石头扔到它——即使她准头不太好，都很有可能击中它。她第一个想法是它的头真大啊。第二个是，尽管她一直都知道老虎的颜色，但直到现在，她才意识到它们的毛色是多么明亮，闪耀着不可思议的橘黄。

但她没有时间完全记下这些想法。约翰的左手伸向他肩上的枪。她看到他的手指扣在扳机上，抬起的枪管微微地颤抖。

第10章

老虎应该早在他们发现它之前就看到他们了。如果它愿意的话，它本可以利用自己的斑纹与周围的环境融为一体，隐藏在暗处，与他们保持一定的距离。除了草丛的轻轻颤动，没什么能够暴露它。然而，它自顾自地走进草地，以老虎特有的姿态行走着，巨爪向前迈进，步伐沉稳坚定。修长健壮的身体如同海浪一般轻巧地移动。

但它行动迟缓，四肢绵软无力。这只老虎身上一定发生了什么奇怪的事情。它低着头，耷拉着耳朵，不安地踱来踱去。这不仅仅是因为它远离了领地，更重要的是，它似乎偏离了自己该走的路线。

它出生在这条路上，一生都在走这条路。这是一条对它最有利的道路。在这条路上，它能发现每一处异动，听见每一声异响。在这里，它脚步最轻，隐蔽最好，什么都逃不出它的眼睛。在这条凶险无情的路上，猎人一踏上去就知道自己也是猎物。

现在它站在那里，好像迷路了，头脑因困惑而变得迟钝。

一定发生了什么事。

老虎只记得一些片段。黎明的空气中充满了人们的叫喊声、沉重的脚步声，高高的草场被暴风雨夷为平地。它弓起身子，蹲下来，露出牙齿，直面威胁。

接着，它的脖子刺痛了一下，顷刻间天旋地转，脚下好像成了一片沼泽。它身体瘫软，一下子跌倒，平躺在地上。地面因靠近的脚步而发出轻微震动，一个身影从它身边经过。它闻到一股陌生的味道——一种苦涩的、呛鼻的气味，陈腐而又污浊。老虎知道这是死亡的味道。

它翻了个身，猛蹬一下地面，一下子跳开了。

它跑了。它穿过一条恐怖的林间隧道，这里似乎常年不见阳光。树木开始模糊变形，它的后腿也开始发软。它咆哮着，挣扎着向前，宽大的肩膀绷得紧紧的，树枝折裂的声音在脑海里微弱地回荡。

它滑倒了，一头栽进一个空旷的地方。它漂浮在水中。

阳光很好。在草木稀疏的遮挡下，它躺在河岸上，十分醒目。它的眼睛盯着河边的一个影子。那个影子背对老虎坐着，体型有猴子那么大，也像猴子一样弓着身子，一样专注地歪着头。老虎头晕目眩，以至于感觉不到饥饿。它的脑子里突然闪过一丝安慰，几乎是感激之情。

它知道。这个东西它知道。

它专注地蹲下，目光紧锁，缓慢前进。每一步都小心翼翼，而后落定最终的脚步。

它眨了眨眼，头缩了回去。它错了。这不是——

听到一声尖叫。一块石头击中了它，失去平衡的它惊恐万分，踉踉跄跄，一路滚下河岸，爪子在旋转的天空里抓个不停。

它游了起来，巨大的爪子在身下拍打着，朝对岸游去，爬出水面时，后背都湿透了。然后它又步履蹒跚地出发，但漫无目的，感觉迟钝。它就这样走了好几个小时，终于来到草地。

现在它停了下来，不知道该往哪儿走，慢慢地转过头。当它捕捉到余光里的动静时，为时已晚。

第11章

"住手！"埃尔西喊道，双手用力地推开约翰。

一下子发生了好多事，接二连三，但又转瞬即逝。埃尔西只记得一连串声音。约翰摔倒时大叫的声音，枪走火的声音，乌儿拍打着翅膀尖叫的声音……她用手捂住耳朵，眼睛紧闭。

当她睁开眼睛时，草地上空无一人。

"它不见了。"她说。

"当然不见了。"约翰说道，声音沙哑。他仍然躺在地上，挣扎着站起来。他的脸上毫无血色。

"哦，不，"埃尔西说，"哦，不。"

他的腿上满是血，袜子被血浸透了。

"你中枪了……"

"我看得出来。"

"哦，不！"他扯着黏糊糊的袜子筒，小心翼翼地把袜子揭开，嘴里发出嘶嘶的声音。

"疼吗？"

"你觉得呢？"

她注定是凯尔西·克尔维特。凯尔西·克尔维特可以在睡梦中进行急救。

"我们必须把子弹挖出来。用刀什么的。"

"白痴。"

他看了一眼血淋淋的小腿："只是擦伤了皮肤，仅此而已。"

"你确定吗？"

他没有回答，要么是太疼，要么是气得说不出话来。可能两者都有，埃尔西想。她只是想帮忙。她帮了他，尽管他永远都不会知道。她阻止了他杀死那只老虎。

"你得回家了，"她说，"你还能走路吗？"

"我不回家。"他手忙脚乱地在包里翻来翻去，掏出一块褪色的蓝布。他的手在颤抖。

"打不到那只老虎，我是不会回去的。"

"不可以。"

他用布缠住腿，把布条拉紧，两端打结，疼得龇牙咧嘴。

"我会没事的，我只需要休息一下。"他说道，没有看她。

"但它已经不见了，现在肯定已经走出好几英里远了。"

"干得好，但我知道怎么追踪，不是吗？"

他小心地屈屈膝。

"如果这比擦伤更严重呢？如果伤口感染了怎么办？"

"我刚刚告诉过你，没有抓到那只老虎，我是不会回去的。"

埃尔西无奈地盯着他。她忘了约翰爷爷有多固执。

第12章

他们走了将近半个小时，每隔十分钟，约翰就会回头看看她，说出同样的话："走开。"

每次她都会在他后面几步远的地方停下，在尴尬的沉默中盯着他，直到约翰放弃，继续迈着僵硬的步子蹒跚前进。

埃尔西拼命跟上他。直到这时，她都对当天发生的事情太过惊讶，反而没有感到多少恐惧。但每当她大汗淋漓地往前迈进一步，她眼前令人担忧的现实就越清晰。她在印度的某个地方，在森林的中央，不知道她是怎么到这里的，也不知道怎么回去，甚至不知道有什么地方可以回去。埃尔西想，即使每个人偶尔都会搞不清楚时间，但不会是整整七十四年。

阻止约翰爷爷射杀老虎似乎已经成了她所面临的最小的难题。

他们朝老虎消失的方向出发。草地比之前的看起来要宽阔许多；一片黄褐色的草海，大片繁茂的树木点缀其中，过了好一会儿，约翰才到达草地对面。他在远处的一排树前停了下来，一瘸一拐地来回走了一会儿，皱起眉头，盯着地面。

埃尔西怀疑他不知道下一步该怎么办。最后，他带着一副做总比不做好的神情，从灌木丛中的一个洞口跳了进去。埃尔西发现自己置身于一片竹林中，茂密的竹丛比房子还高。这里太安静了，以至于她能听见所有的声响，鸟儿的鸣叫声，树叶的沙沙声，以及远在视线之外的细微动静都十分清晰。她加快脚步，紧张地东张西望。

一个东西落到了地上，散发着幽蓝的光芒。

"那是……孔雀吗？"她大声说。

约翰好像没有听见似的，沿着一条狭窄干涸的河床小径继续走着，然后又突然拐进了森林。

一个沉重的东西摇晃着树枝，一根小细枝儿砸下来击中了埃尔西的头。她倒抽一口凉气。在她正上方有至少五六只猴子，弯弯的尾巴，脸上露出非常好奇的表情。其中一只正在用牙齿撕扯什么东西，盯着她，咂了咂嘴。

"等等，"她恳求约翰，"等等……"

他停下来，背对着她，她急忙走了上来。他看着地面，沉默了片刻。

"我不想让你在这里。"他最后说，听起来有些无奈。

"我知道。"埃尔西小声说道。

他们站在一片空地上，阳光透过树林的缝隙倾泻而下。

"我想我们可以休息一会儿。"他说。

他坐在一根倒下的树枝上，一脸痛苦地摆好受伤的腿。包扎的布上血迹斑斑，已经干成了铁锈色。埃尔西犹豫了一下，然后坐在了他旁边。

他指着她的牛仔裤说："穿这种裤子来丛林里太不方便了。为什么要那样卷起来？"

"在英国，大家都这么穿。"埃尔西说，"这是时尚。"

"而且，这可以当口袋使。"她补充道，把手伸进其中一个

翻边，拿出一个扁平的袋子。

"那是什么？"

"是蛋白棒，"埃尔西说，"之前我都忘了自己带着它。"

她突然想到，蛋白棒可能现在还没有发明出来。当她撕开包装时，约翰的目光被吸引住了。

"那是什么？"

"包装纸？"埃尔西急忙把它塞进口袋。她不确定有没有蛋白棒，但她百分之百地肯定，现在还不存在铝箔内衬的塑料包装这种东西，"没什么……"

她把蛋白棒小心地掰成两半，递了一半给约翰。他们坐在那里默默地咀嚼着。约翰从包里拿出一个圆形金属水壶递给她。她喝了一口，又递了回去。

"你为什么那么想射杀那只老虎？"她说。

"听着，我知道你可怜它，但它吃人。今天早上，它就在村子附近的河边。洗衣工告诉我的。他们用石头把它赶走了。它在跟踪一个孩子。"

"哦。"

"你知道吗，它们不停地吃人，"约翰告诉她，"它们会杀害人类，直到死亡或者有人开枪。它们必须被枪杀，就连曼迪普也这样说。"

"曼迪普……"埃尔西重复这个名字。她想起来了，那是约翰爷爷的朋友。

"他说，北边有一头老虎在被射杀前杀死了二百二十多人。"

"太可怕了。"

"它们通常是年纪大的老虎，或者是受伤的老虎。"

"刚才那头看起来既不老也没受伤。"埃尔西说。

"你知道什么？"约翰咬着嘴唇说，"如果你认为你能说服我放弃任何事，那你就错了。"

"好吧。"埃尔西说。

"我看见猴子了！"她告诉他，打算换个话题，"它们低头看着我。"

"那是叶猴。你会习惯的，它们无处不在，随处可见。它们一有机会就会从你手里抢走食物。我母亲讨厌猴子，它们让她紧张不安。"

埃尔西想起了约翰爷爷照片中那些表情僵硬的人。

"你父母不会担心吗？他们总是让你一个人出门吗？"

他耸耸肩："我在假期几乎可以随心所欲。"

"真幸运。"

"我父亲在军队里。你父亲是干什么的？"

埃尔西正要开口告诉他，她的父亲是一家教育软件公司的项目经理。紧接着她又闭嘴了。

"他有点儿像一个镇长。"她说道。

"我猜他是一个 ICS。"约翰说，"也就是印度的公务员。"

他看着她茫然的表情，补充道。

"是的，没错。"埃尔西说。

"等他们发现你走丢了，你会有麻烦的。"

"他们不会介意的，"她说，"我也可以做任何我想做的事。"

"不，你不行。你是个女孩。"

"你这是性别歧视。"埃尔西愤怒地说。

约翰看起来很吃惊。他的脸涨红了："喂，英格兰的每个人……都这样说话吗？"

"怎么说话？"

他的脸更红了。

"我不是在说那个！你不知道'性别歧视'是什么意思吗？"

他盯着地面，没有回答，甚至后颈都红了。埃尔西叹了口气。七十四年里发生了很多事。

"算了。"她说道。

第13章

已经接受了无法摆脱埃尔西的事实，约翰觉得自己应该照顾她。

"你得戴上这个。"他边说，边把他的太阳帽递给她。

"但这是你的。"

"我比你更习惯太阳。"

太阳帽对她来说太大了，里面有些湿漉漉的，但她感激地接过了。约翰帮她调整下巴处的系带。

"这样就可以了。"

"那你的腿呢？不疼吗？"

"没什么感觉。"他说着，摇摇晃晃地站了起来。

他们继续往前走，走得很慢，约翰每隔几分钟就停下来，热切地做介绍。"那边的那只黑鸟叫卷尾鸟，"他告诉她，"那些网是漏斗蜘蛛织的……那是一棵紫荆树……那棵白色的是一棵幽灵树。"

"一棵幽灵树？"

"它会在月光下发光。"约翰说。

埃尔西更仔细地观察着周围的环境，发现把这里当成森林是不对的。但也不是丛林。这里是两者的混合。除了草地，这儿似乎既不像森林也不像丛林，而是像在英国的乡村……

一群灰绿色的鸟飞越天际。

"那是长尾鹦鹉，"约翰说，"那些一直叫的是鹩哥，太吵了。"

"我在想那是什么，"他看着一株长着尖尖叶子的植物说道，"我以前从没见过这种。"

他的脸上露出深思的神情。埃尔西知道那种表情。这是她第一次觉得他真的是约翰爷爷。站在她身边的男孩和温室里的老人是同一个人。时间会改变他，时间也会让他保持原样。

"你知道很多。"她说。

"曼迪普教过我。他几乎什么都知道。"

"他住在哪里？"

"当然是在家里。在仆人们住的地方。他的母亲是我的奶妈；在我俩小的时候，她照顾我们。"

"啊？"埃尔西重复了一遍。

约翰停下来，难以置信地看了她一眼："你真的什么都不知道吗？奶妈就像保姆。我们家的保姆一直和我们家人住在一起。她照顾我的妹妹，在我哥哥上学之前，她也照顾他。"

"我不知道你还有一个哥哥。"埃尔西说，她还没想起来自己本来也不知道多少关于约翰爷爷的事。

"有过一个哥哥，"约翰纠正道，"他死了，在六个月前。"

埃尔西从太阳帽的帽檐下不安地看着他。

"从马上摔了下来。"

"太可怕了。"

"那是一次意外，"约翰说，"休是个出色的骑手。事实上，他几乎各个方面都很出类拔萃。校长把我从数学课上叫出来，告诉了我这个消息。"

"太可怕了。"埃尔西重复道。

"对我来说还好，"约翰用刚刚谈及伤腿"只是擦伤了皮肤"时一样平静的语气说道，"我其实不太了解他。他比我大很多，已经毕业了。当然，我父母很难过。"

"是的，他们一定很伤心。"他们沉默了一会儿。树木稀疏了不少，他们穿过一片干旱的空地，空地上零星散布着三三两两的灌木丛。

约翰突然警惕地抓住她的胳膊："有蛇。"

埃尔西看到面前的土里有一个东西弯弯曲曲地爬行，身体金色与黑色相间。"呀！"她叫起来，颤抖着后退。

"那是金环蛇。你得小心，它们是致命的。但通常不会靠近你。"

"通常？"

"别担心，"约翰说，"我很熟悉蛇。"

遇到蛇似乎使他兴奋起来。他开始给她讲一个很长的故事，说有次他在学校洗澡时发现了一条毒蛇。他的学校在山区里，站在小镇后面的山顶上可以看到珠穆朗玛峰。学校一学期有九个月，但是感觉像有九百个月，因为校规太多。每个人都数着日子过，直到他们可以放假回家……

埃尔西想，一旦约翰爷爷放松下来，他几乎和鹩哥一样健谈，就连伤腿似乎也好多了。他现在走路一点儿也不瘸了。她开始希望他已经忘了那只老虎，但这时他突然停了下来，盯着地面。他们来到了一个水坑的边缘，水面上长满了绿藻。一条狭窄的水沟通向左边。

"我就知道！"约翰喊道。

他指着水边泥地里的一个印痕。埃尔西看到了一个脚掌的形状，宽度是她手掌的两倍，周围有四个脚趾。

"你懂追踪吗？"

"是的，"她说，"懂很多。"

"你看反了！"

"你怎么知道它是……那只吃人的老虎？也可能是别的老虎。"

"首先是尺寸，太大了。"约翰说。

"可能是这个地方的其他大老虎。"埃尔西忧心忡忡地环顾四周说。

"这不是那些老虎留下的足记，"约翰告诉她，"大多数老虎走路时，爪子都是收起来的。这只老虎有一只爪子是伸出来的，和我今天早上看到的足迹一样。"

埃尔西想，他也不必那么自鸣得意吧。

约翰紧握着枪带，伸长瘦骨嶙峋的脖子看着水沟口。

"显然是进了那条水渠。"他宣布道。

埃尔西看着陡峭崎岖、岩石遍布的沟壑两侧，灌木丛遍布地面。"你不能跟着它进去，"她抗议道，"你会迎头碰上它的。"

"你觉得我是胆小鬼吗？"约翰的声音很凶。

"不，当然不是。"埃尔西说，尽管她忍不住觉得他看起来像只好斗的鸡——拔过毛——皮包骨头，脸色苍白。

"我要跟着进去。"约翰说，他的声音更凶了，"如果我没有和一个女孩走在一起，我会跟着进去的。"

你以为这很容易吗！埃尔西差点儿说出口。

"不管怎样，也许最好走到更高一点儿的地方。"约翰说道，眯起眼睛，带着一种非常智慧的神气，"理想状态下，要射杀老虎最好和老虎处于同一平面，不过从高处开枪更好。"

埃尔西怀疑地看了他一眼。"你到底打了多少只老虎？"

"那你开过多少枪？"

"英格兰没有老虎。"

他的脸上露出一副令人恼火的优越表情，说道："我不信。"

埃尔西简直想打他。

第14章

四英里外，在河的另一边，曼迪普走在回家的路上。他一整天都没歇脚，前一天晚上大部分时间也是一样，不过他并不觉得累。他心里有太多事情了。

他为他的计划成功而狂喜，为自己的胆量感到惊异。

他以前从未做过这样的事，尽管他也想过。但后来，他也想了其他很多事情。

"总是在神游！"他的母亲用她那种特有的方式说，听起来既不满又有几分高兴，"总是四处闲逛。"

如果母亲知道他做了什么，肯定再也不会让他离开自己的视线，因为她深知这将会带来多大的麻烦。

他的母亲为拉西特家工作。他的父亲也一样，是拉西特家的高级园丁。尽管曼迪普确信拉西特一家从未见过戴眼镜、开着崭新吉普车的猎人，但这并不重要。

前天，曼迪普的表弟跟他说了这件事。这个猎人到附近已经有一段时间了，一个村子接一个村子地到处打听。他说他在追捕一只豹子。不管是谁替他找到一只，只要不让他空跑一趟，他都会赏一大笔钱。不过那必须是健康的豹子，不是老弱病残的。

曼迪普的表弟卖给他一只山羊作诱饵。

曼迪普在花园里帮父亲干活的时候，整天都在想着猎人和山羊。这项工作很轻松，四处找找、捡捡，把草坪上的落叶都耙出来。

过去，他的任务包括陪着约翰的母亲给家里采花。这是他们一贯的日常活动。她戴着旧园艺帽，穿着花裙子，手里拿着把剪刀。曼迪普提着装花的篮子，跟在她后面。

"拿稳些，"他神游的时候，她就会提醒他，"你又拿歪了。"

这时，她又会把一朵玫瑰、大丽花或黄色百合放进篮子里，然后他们接着往前走。

即使在她的大儿子休去世后，这个惯例仍然保持不变。她手里提着同样的篮子，脖子上戴着同样的珍珠项链，用同样的方式眯起眼睛看看天空，仿佛阳光使她晕眩了。

但是，她似乎走得比以前慢了，一天比一天走得慢。在每一处花丛和灌木丛旁踟蹰的时间越来越长。在她的剪子一开一合的时间里，曼迪普的思绪可以游过河流，穿过森林，一直到北边遥远的山峰。

一天早上，她正要剪一朵淡粉色的含苞玫瑰，她停了很久，久到曼迪普开始担心起来。他的目光搜寻着父亲的身影，就在花园的另一边。曼迪普正要喊他，这时她转过身来，胳膊垂在身侧。

"我今天没心情采花，曼迪普。"

从那以后，她就一直没有心情了。不想修剪夹竹桃，也不想打理木槿和杜鹃花。她甚至不喜欢修剪过的草坪。这种忽视使曼迪普的父亲深感不安，因为他以自己的花园为傲。但是她毫无缘由就变成了这样。她在客厅一坐就是几个小时，几乎一动不动，约翰的父亲也一样。他们的椅子摆放在壁炉架的两边，中间架子上放着的银相框里是休穿着校服的照片。

曼迪普想象着他们坐在那里，直到花园里的植物慢慢生长，爬过走廊，伸到门口，树木黑压压地贴在窗户上，金缕梅和铁线莲的藤蔓开始在地毯上蔓延。

但那天，他主要想的是猎人和山羊。当他做完家务，晚餐结束时，他还在想那些事。他一直等到所有人都睡着了，趁自己还没改变主意，迅速溜出了房子。

那几乎是一轮满月，在村子里通向河对岸那条尘土飞扬的路上，月光把吉普车的车轮印照得清清楚楚。但曼迪普不需要跟踪车轮印。他已经知道猎人在哪里了。他熟悉这二十英里森林中的每一处，林间空地、池塘、古老的娑罗双树和榕树丛，纵横交错的小路以及各种动物。十三年来，他一直在这里探索，有时和约翰一起，但大多数时候是独自一人。

"总是乱跑！"他的母亲喊道。她非常生气，因为他应该工作，而不是在森林里浪费时间。即使她在责骂他的，但她其实已经原谅了他。然后，他就会再次出门闲逛。

沿着这条路走了一段距离，就在向西转弯之前，曼迪普看到了停着的吉普车。猎人从这里开始徒步前行，一名向导背着沉重的装备跟在后面。他们绕过树木最密集的区域，向北走去，来到一块空地，这里地面变宽，中间有一棵粗壮的大树。

曼迪普快速又轻松地追了上去，但随着距离越来越近，他放慢了脚步。听到一声响后，他停了下来。又有声音传来。

是小山羊发出的叫声。

曼迪普趴到地上，小心翼翼地移动着，匍匐穿过迷宫般的绞杀藤和茂密的灌木丛，向空地的边缘爬去。夜晚的凉爽使树木散发出甜美的木香，夹杂着青草和野生罗勒的味道。一根刺钩住了他的夹克，他只好停下来把刺拿掉。尽管温度很低，他还是汗流浃背。

他爬到空地上，用胳膊肘撑起身子看了看。那棵树就在对面。曼迪普可以看到一个狩猎台——一个木制的平面——夹在两根较低的树枝之间，还有猎人和向导坐在上面的模糊身影。

山羊在月光下呈乳白色。它站在树和空地边缘之间的地上，一根绳子把它拴在那里。

曼迪普目不转睛地看着绳子，一动不动。他知道猎人一定在朝自己的方向看，猎人的枪准备好了，对一丁点儿风吹草动都有所觉察。

绳子系在埋到草地里的木桩上，就在曼迪普趴着的地方附近。他屏住呼吸，向前挪了挪身子，敏锐地意识到自己的处境极其危险。这不仅仅是因为他随时都可能被误认为是豹子而被射杀，还有来自豹子本身的危险。如果它就在附近——曼迪普确信它就在附近——它就会听到山羊的叫声，就像他听到的那样。

没有办法知道豹子离自己有多近。

从狩猎台上传来开玻璃瓶的声音，是猎人在喝酒壮胆，消磨时间。

曼迪普想，这对他的判断力——或者他要实现的目标——毫无帮助。但曼迪普趁着这个机会爬到了木桩前。木桩被深深地埋在地下。太深了，不使劲根本拔不动。他摸索着腰间的刀子，遮住刀锋的锋芒，开始割绳子，只用手腕发力。

山羊突然咩咩地叫起来。曼迪普心头一惊，手抖了一下，然后平复呼吸，继续切割。再拽两下，三下。

绳子断了。

曼迪普如释重负，闭上眼睛，额头抵在地上休息了一会儿。山羊又咩咩叫了一声，声音比以前更柔和了。他抬起头来。它仍然站在那里，在月光下显得笨笨的。就在他注视着的时候，山羊低下头开始吃草。

曼迪普感到有些挫败，他一边盯着它看，一边用手在地上摸索。找到了，一块不大不小的卵石。他把它紧紧地夹在拇指和食指之间，使劲地弹了出去。石头打中了山羊的背部正中，山羊立刻跳了起来，惊慌地叫起来，一头扎进了灌木丛。

曼迪普听到一声低沉的咒骂，狩猎台上传来下梯子的沉重脚步声。他把刀插进腰带，向后爬

过灌木丛，直到能站起来逃跑。

十分钟后，他跑了半英里远。

猎人要在树林中穿行好几分钟才能找到他的山羊。那时豹子早就不见了。而且它不会很快回来。幸运的话，它会离开这个地区一段时间。猎人会在狩猎台上驻扎，吹着"天佑国王"的口哨，期盼这对他有好处。

曼迪普觉得很满意。那个人无权到处猎杀豹子。这不是他的森林。

他躺在树弯上舒服地度过了剩下的夜晚。第二天早上，他并不着急，慢悠悠地走回家。

曼迪普很爱森林。在这里，没有人说他是在浪费时间，也没有人责备他想得太多。他可以自由自在地做梦。也许他比自己想象的更像是父亲的儿子，因为从他记事起，他就做过同样的梦。

他梦到森林就像一座花园，万物皆有其所，万物皆得其乐。

第15章

　　老虎舔着水面上自己金色的倒影，陶醉地在水坑边喝水。然后，它转身走进了水渠，寻找避难所。水帮助它恢复了体力，但它的耳朵里仍隐约有嗡嗡声，仿佛一群昆虫在它的脑子里扎堆筑巢。它无望地摇了摇头，想把它们赶出去，接着钻进了岩石间的阴影里，静静地躺着。

　　过了一会儿，它听到远处传来人声，还有脚步声从它头顶上方传来。它低吼一声，感觉声音穿透了身下的地面。脚步声渐渐消失了。它睡着了。

　　它一觉无梦，除了它那带条纹的尾巴偶尔抽动一下、呼吸时身体的微颤，它几乎一动不动。身上的花纹是它独一无二的标志，就像指纹一样独特，一道道条纹沿着脊椎伸展开来，就像被森林大火烧黑的树枝。它的头上也有印记，额头上的条纹异常浓密，使它的脸看起来像被烧焦了一样，眼睛上方和喉咙处的白毛在它休憩之处昏暗的阴影中显得更加突出了。

它醒来时，耳朵里的嗡嗡声消失了。它露出牙齿，打了个哈欠，感觉自己迅速又轻松地恢复了活力。

它有数百磅重，但能从地上跳到相当于自己身高三倍的高度，扑倒一只比他大三倍的动物。世界上没有什么比它的攻击还要快的了。它能游数英里，能暗中视物，还能拖着水牛的尸体穿过最茂密的森林。连它的舌头都是带刺的。

但它最大的优势在于思考能力。

老虎知道如何利用光线和变化无常的风使自身处于有利位置，如何计划和执行一百种不同的攻击方法。它的同类曾经遍布半个地球，生存在从潮湿沼泽到北极荒野的各个地方。它们会适应、记忆并学习。

现在，老虎站起来，甩了甩身子，走到水渠口，身上的每一根毛发都随着轻轻的步伐而活跃起来，脚下一步接着一步。他的眼睛燃烧着金色的液体。从醒来的那一刻起，它的脑子里就只有一个念头，比恐惧更强烈，比饥饿更难以平息。

愤怒。

它和同类们再也不能自由地漫步。它们的头被挂在墙上，身体被剥皮、被填充、被腌渍。甚至骨头也被磨成粉末，按克出售。一百年的杀戮，使老虎的数量锐减，栖身地也不断缩小，范围赶不上种群鼎盛时期的一小部分。

然而，老虎却不知道这一点。它愤怒的原因更简单，与它的家园直接相关。它的王国被入侵了。那是山上一座残破的宫殿，在北面五十英里，上游几英里处。那里已被遗弃多年，大理石柱廊和优雅的拱门被森林吞噬。但高高的海拔提供了绝佳的有利条件，倒塌的石柱为老虎提供了掩护，古老的石质水池则提供了稳定的水源。

那是它被赶走的地方，它头晕目眩，备受屈辱。在那个地方，它曾是主人。

这是不能容忍的。

老虎绕水坑而行，身上的肌肉壮硕发达，它那巨大的、烧焦一般的头一边走一边晃。然后，它带着非凡的力量和使命感，消失在远处的树林里。

第16章

真正的凯尔西·克尔维特是不会陷于这种境地的，埃尔西一边想，一边吃力地往前走。她的胳膊被荆棘刺伤，又被虫子咬得发痒。真正的凯尔西·克尔维特可以掌控一切，因为她不会穿着一件旧套头衫和 T 恤就出门，牛仔裤的卷边里还只装着一个少得可怜的蛋白棒。

她会穿一件有很多口袋的夹克。每个口袋里都会有用得上的东西。比如驱虫剂，埃尔西边疯狂地挠着胳膊肘边这样想，还有双筒望远镜，还有小巧的电风扇……

她焦急地瞥了约翰一眼。他背上的衬衫被汗水浸湿了，肩胛骨清晰可见。他低着头，僵硬地走着。

"你确定……我们走的方向对吗？"她问道。自他们离开水坑，沿着水渠往上走已经快两个小时了。他们几乎同时发现自己身处一片无法穿行、纵横交错的竹林之中，于是不得不绕道而行。约翰声称他仍然确切地知道水渠在哪里，但在绕过一片布满沙色白蚁墩的草地，爬上一个岩石斜坡，穿过至少一英里长的树林后，埃尔西陷入了怀疑。

"我当然确定。"约翰说着，没有抬头。

"好吧。"埃尔西说。

她看到了更多的叶猴，还有一群背上长有白色斑点的鹿，约翰说这种鹿叫白斑鹿，还有一只鹳在泥潭里蹚水。这时，她突然在树丛间的一张大网前停了下来。一个她拳头大小的东西坐在网中间。

"巨型木蜘蛛，"约翰没好气地说道，"完全无害。你不必大惊小怪。"

埃尔西倒吸一口气，觉得身材矮小有一个好处，至少她可以在巨大的蜘蛛网下走过去而不碰到蜘蛛……

但真正的凯尔西·克尔维特不会这么想。她现在应该已经把一切都安排好，回去和约翰爷爷一起吃早餐了。埃尔西什么都没弄清楚。但她也没有完全失败。除了约翰爷爷的腿，她成功地阻止了他朝其他东西开枪。尽管她又热又痒又累，但她仍然跟在他身后。

埃尔西不知道她怎么就来到了七十四年前，但这也许是有原因的。也许她被派来执行某种使命：救老虎，或者救约翰，或者拯救他们两个。这意味着，一旦任务完成，她就会被送回去。就该是这样，不是吗？埃尔西非常想相信这是真的，因为另一种猜测很糟糕。如果她来到 1946 年只是一次偶然的意外，那她可能永远也回不去了。她得活上整整七十四年，才能再次赶上自己的时代。

埃尔西想，她到那时年纪太大了，可能已经死了。

"你确定我们走的方向对吗？"

"我已经说过了，不是吗？"

他停下来看看太阳。"这边走。"他说道，然后冲到右边。

"好吧。"

埃尔西想，她所要做的就是和约翰待在一起，直到他不再跟踪老虎，那时候她就能回到她原来的地方。与此同时，她想象着凯尔西·克尔维特夹克口袋里的一切，让自己振作起来。

一把至少有二十种不同刀片和工具的小折刀，一副太阳镜，一个急救箱，一本印度野生动物指南，一个 GPS（全球定位系统）设备……

GPS 设备在 1946 年能用吗？埃尔西不确定，这看起来不太可能。她隐约记得需要 GPS 卫星。好吧，如果她不能回到自己的时代，至少她可以靠发明所有她知道的未来的东西变得富有和出名。比如卫星和互联网，电子游戏和微波炉，还有那些按摩背部的椅子，尽管它们有点儿不舒服，而且让人觉得怪怪的……

但是除非一开始就知道它们的工作原理，否则是发明不出未来的东西的。埃尔西不知道电灯开关是如何运转的，更不用说网络了。她伤心地想，也许她来自未来这一点并没有什么用处。她必须和其他人一样，等待所有有趣的东西的诞生。

她可能是回到了 1946 年，但她仍然是那个发现"Cell"这个词的人，"Cell"的首字母是 C 而不是 S！[1] 这一点写在她最新的科学作业上。

与此同时，她还有一个更紧迫的问题。

"我需要停一下。"她告诉约翰。

"为什么？"

"我就是需要停一下。"

"为什么？"

"我得去树后面……"

"哦。"约翰的脸又红了。

凯尔西·克尔维特肯定会在她的一个口袋里放一卷厕纸，

---

[1] Cell意为细胞，Sell意为售卖。在英语里，这两个单词的发音一样。

埃尔西相当可怜地想。虽然她一开始可能不需要它。一般来说，主角都不会去上厕所。

她从树后面走了出来，感到很尴尬。

"没关系，你现在可以转身了。"她告诉约翰。

"你确定吗？"

"我已经说过了，不是吗？"

他们继续往前走，不过没过多久，埃尔西又停了下来。

"那些白蚁墩看起来眼熟吗？"她问道，"它们是不是很像——"

"所有的白蚁墩看起来都一样，"约翰厉声说道，"它们就是土墩，好吗？"

埃尔西不想争论这一点，但她不禁注意到，他们左边的小山看起来也似曾相识。仅仅五分钟后，一切都毫无疑问了。

他们又回到了水坑，那个他们一开始出发的地方。

埃尔西不是那种会说"我早就告诉过你"的人。即便她是的话，约翰脸上那种挫败的表情也让她说不出口。他坐在一块岩石上，脑袋埋进双膝，步枪拖在地上。

"至少我们可以把你的水壶装满。"埃尔西说。

"不行，"约翰低着头说，"这水喝了会生病的，只有流动的水才是好的，比如溪水。"

"好吧，那我们可以洗脸，不是吗？这总比什么都没有好。"

埃尔西走到水边，看着绿色的浑浊的水。她正准备弯下身子，小心翼翼地用手指蘸一蘸，这时一个东西吸引了她的目光。她脚边泥沙里有一个形状。她往后退了一步，目不转睛地看着。

"这是另一个脚印。"她告诉约翰。

他疲倦地耸耸肩。

"事实上，不止一个脚印，"埃尔西说，她的手突然变得湿漉漉的，她在牛仔裤上擦了擦，"我真的觉得你需要看看这个……"

当约翰看到她指的是什么时，他瞪大了眼睛。

"那是老虎的脚印，不是吗？"埃尔西说，"另一个是我们的脚印。"

"是我的。"约翰说。

"老虎就在我们前面，"埃尔西说，"我们看到了它的脚印，那为什么……"

她不需要问完这个问题。从约

翰的脸上，她可以看出他完全知道她要说什么——

那为什么老虎的脚印在我们的上面呢？

第17章

"它一定折回来了，"约翰说，"在我们后面。"

"你觉得它可能……在跟踪我们吗？"

"我不知道。"约翰说，他抓着枪带的指节隐隐泛白，"我不知道。"

埃尔西立刻意识到一个显而易见却令人毛骨悚然的事实：追杀老虎和被老虎追杀是两码事。

她曾在动物园里见过一只老虎。那只老虎沿着围墙一侧、靠近栅栏的小路走着。它以前一定走过那条路一万次，因为草已经完全被磨光了。当它走到尽头时，就转过身又走回来，径直朝这一边的埃尔西走来，脚步缓慢，仿佛把整个世界的无聊都扛在它黄褐色的肩膀上。它到达栅栏边，就再次转身，像河水一样沿着河道循环往复。

埃尔西知道它会转弯，因为它无处可去。她和老虎之间隔着一道钢栅栏和一块厚玻璃。但在一瞬间，当她凝视着那庞大的身躯，似乎会有相反的事情发生。无论是栅栏、玻璃，还是地球上的任何力量都无法阻挡老虎。它会直扑过来，可怕且势不可当。

仿佛它属于一个超越一切规则的世界。

埃尔西盯着约翰，她的心紧紧地揪着。

"我们该怎么办？"她低声说。

他喉头动了动，咽了口唾沫。

"我们得回去了，"埃尔西说，"我们现在得回去了。"

他点点头。

"至少我们知道路，"埃尔西仍然低声说道，"我们要做的就是原路返回。"

他又点了点头，然后似乎镇定了下来。"不，"他说，"当无头苍蝇没有用，我们必须思考。风从哪个方向吹来？"

埃尔西努力地集中注意力。

"我认为它没什么方向，"她最后说，"现在没有风。"

"不可能，"约翰说，"空气总是在移动。"他舔了舔指尖，不确定地举起来。

"曼迪普告诉过我老虎是如何捕猎的。它们喜欢逆风。"

"为什么？"

"这样猎物就不会闻到它们的气味。老虎通常从后面攻击，所以最不能做的就是顺着风来的方向走。"

"那为什么不朝相反的方向走呢？"

"因为老虎可以绕着你转，然后等着顺风伏击你。如果真是这样，你会和它迎头碰上的。"

"那你打算怎么办？"埃尔西的嘴干得厉害，很难把话说出来。

"最好的办法是让风向保持在我们的左边或右边，"约翰说完点点头，好像在试图说服自己，"现在，我很确定风是从那边来的，所以我们不能直接回家。我们得绕路。"

"如果我们这样做，老虎会放弃吗？"

"当然不会，"约翰说，"但只能从侧面进攻。"

"这有什么不同？"

约翰把步枪从肩上滑下来，蓄势待发。"这样我们比较有机会看到它过来。"

埃尔西不太确定"比较有机会"到底是多大的机会，但不管是多大，听起来还远远不够。

她想，至少他没有说"没有机

会"，但这也没用。这一次，即使是她也无法随遇而安了。她摘下帽子，擦了擦湿漉漉的额头。约翰说老虎是吃人的。要不是她阻止了他，他本来会在空地上开枪的。现在老虎正在追杀他们。埃尔西感到非常难受。她应该知道的，人无法改变过去。这是时间旅行的第一条规则。你永远都不知道自己会惹出什么麻烦。

"准备好出发了吗？"约翰说。

埃尔西将眼睛紧闭了一会儿，仿佛试着给七十四年前几千英里外的自己鼓劲。然后她戴上太阳帽，深吸了一口气。

"我准备好了。"

第18章

　　曼迪普坐在山顶上，吃着他从家里带出来的最后一块印度薄饼，观察下面草地上三只野狗的活动。在左右权衡之后，他终于决定，如果他可以选择成为森林中的任意一种动物，他想成为一只野狗。它们身上没有什么地方是他不欣赏的，红褐色的皮毛，昂首阔步的行走姿态，乐于嬉闹又恪守纪律；彼此友好，协作有序，对族群忠诚不渝……

　　他吃完后摇了摇袋子。两张小纸卷和薄饼渣一起掉了出来。还有鞭炮。这些东西肯定从一个月前的排灯节[1]起就在袋子底部。曼迪普微笑着把它们塞进夹克的口袋里，想起了排灯节上的糖果、闪烁的烛光，还有小镇上空噼里啪啦的鞭炮声和绽放的烟花。他四岁的妹妹当时兴奋得发狂，一边绕着圈儿跑着，一边捂着耳朵叫着、笑着。

---

　　[1]　排灯节又称万灯节、印度灯节或者屠妖节，是印度非常重要的传统节日。多数印度家庭会在排灯节期间穿新衣、戴珠宝，拜访亲人朋友，互赠甜食、干果等礼物。

一只甲虫出现在他旁边的一块岩石上，在凹凸不平的地面上缓慢地爬着。曼迪普低下头，想看得更清楚些。他喜欢甲虫。甲虫有很多种，从笨重长角的庞然大物到不超过一粒米大的小斑点，形状、大小和颜色各不相同。这一只的大小和形状与杏仁差不多，黑色的腿和绿色的虹彩外壳，像宝石一样明亮。

曼迪普把手放在地上，让甲虫从手背上爬过去。他觉得，它的鞘翅就像一个做工精美的小盒子的门。这个盒子漂亮到可以装宝藏。他看着它从一只手爬到另一只手上，尽量不去想父亲对他长时间不着家有多生气。他到家时肯定会有麻烦。

有什么东西从他的眼角一闪而过。曼迪普抬起眼，越过草地，望向远处的一排树。闪光又出现了。他把甲虫从手上推下来，站了起来。

一个人影在树影中移动。是猎人。曼迪普之所以知道，是因为当猎人转过头时，他的眼镜上出现了反光。

猎人走得很慢，但很有目的性。他在打猎，曼迪普想。他一定是离开了向导，独自出发了。他在找什么？不是豹子，豹子早就不见了。那么，一定还有别的很重要的事。一个让他觉得不虚此行的战利品。

曼迪普不觉得猎人是那种喜欢空手而归的人。

他伸手去拿包，挂在肩上。然后，他一时冲动，一边跟着下面的那个人下山，一边小心地避开他的视线。

第19章

埃尔西觉得，被老虎跟踪的可怕之处在于，它让人既想要逃跑又想站住不动。她最后决定把脚步放轻，感觉自己在匆忙赶路，但事实上一点儿也不快。每走几步，她就会被草根或一丛草绊倒，但她不敢低头看自己踩到什么了。她忙着左顾右盼，注意力集中在每一片颤动的树叶及其影子上。她的脖子感到刺痛。她希望自己的眼睛能像蜥蜴的眼睛一样转动，这样她既能看到后面，也能看到侧面。

他们朝着回家路线的对角线方向出发，约翰每隔几分钟就停下来测一下风向。他走在她前面，以便他在老虎出现时有更清晰的射击视野。大约走了四分之一英里后，他们进入了一片茂密的树林。阳光在树干间闪烁，埃尔西眨了眨眼睛，接着又揉了揉。

"我们不应该待在空旷的地方吗？"她声音微微颤抖地问道。

约翰没有回答。

他们继续往前走，从遮天蔽日的大榕树下走过。树枝交错缠绕，根本分不清一棵树在哪里结束，另一棵树又从哪里开始。但最奇怪的是，这些树的根从枝干上长了出来，像数百根蜿蜒的长柱一样垂到地面上。

埃尔西想，这些树看起来像要拔地而起。她几乎希望是这样。如果不得不在被一棵飞奔的巨树追赶和被老虎追赶之间做出选择，她会选择这棵树。至少她能看到树在移动。

"约翰？"她悄悄地喊。

他停下来测风向，身体僵硬。然后他猛地转过身，闯入了树林中。

埃尔西确信他不知道自己在做什么，但她决定什么也不说。有人在控制局面就是好事，即使他们只是假装控制。另一种境地只能是大家都陷入恐慌。

他们走出树林，走进低矮的棕榈灌木丛，这里地势渐缓。埃尔西的皮肤几乎要被牛仔裤磨破了，尽管她意识到自己几乎没有感觉了。她也不再觉得累了，甚至不觉得口渴。她太害怕了，不敢任由那些感觉涌上来。

约翰一定也有同感。在他们徒劳地从水坑来回跋涉的过程中，他的腿一瘸一拐得厉害，但现在他走起来好像腿没有任何问题似的。

老虎什么时候会攻击他们？它还在等什么？埃尔西不知道她还能抬腿走多久。她小声地哼唱起来，借此鼓足勇气。

她擅长哼唱，她在学校唱诗班练习过很多次。

"啦——啦——啦，阳光真好呀，啦——啦——啦，阳光真好呀。"

"安静点儿。我在努力听。"

"听什么？老虎？"

"不，我们听不见老虎的声音。但如果鹿发现了老虎，它们会发出警报，叶猴也会。听到它们的声音，我们就知道老虎来了。"

埃尔西听到树上有一个叫声。

"那算警报吗？"

"不是。"

她左边也有东西在叫。

"这个声音是吗？"

"不是。"

"我只是问……"

"那就别问了！"

"好吧。"埃尔西小声说道。

他们来到另一片草地，她突然注意到太阳比之前低了很多。金色的薄雾笼罩着高高的草丛。他们走的时间比她想象的要长，但一直没到她第一次遇见约翰的地方。埃尔西犹豫了。

"你觉得我们接近了吗？"

"非常接近。"

"你确定吗？"

"我已经说了，不是吗？"

就在这时，一阵微风吹来。有两三秒钟，埃尔西没有注意到这一点。然后她转过身来。

"是迎面而来的！不是从侧面，是迎面而来的！"

他们不知不觉地在风中走了多久？反正足够让老虎悄悄跟在他们身后。据她所知，它可能就在那里，蜷缩在几步之外的竹林中。

埃尔西看见竹子在摇晃，便发疯似的瞪大了眼睛。有东西从阴影中冒出来。她惊慌失措。逃跑是个坏主意，是此刻世界上最糟糕的事情。但是，她仍然撒腿就跑。

"嘿！"约翰喊道，"不是……"

埃尔西没有听他说完，就已经跑到草地上很远的地方了。跑起来的时候，太阳帽从头上飞了出去，她的心怦怦直跳，大脑无法思考，眼前也一片空白。草抽打在她的脸上，但她继续跑，跌跌撞撞，直到上气不接下气。她一动不动地站着，胸腔起伏，等待着终结的那一刻。

"笨蛋！"约翰边说边在她身后的草地上跺脚。

埃尔西气喘吁吁，无法回答。

"那只是一头野猪。你看见猪跑什么！"

"嗯，你……"埃尔西喘着粗气说，"你还说你知道风从哪里来，但你其实不知道。"

"至少我试着用脑子，"约翰怒气冲冲地说，"而不是一路叽叽喳喳，像是一个——"

埃尔西想，如果他再叫我笨蛋，我就踢他的腿。然后她就想起她不能这样，因为他的腿已经中枪了，只有一个真正的恶人才会踢一个中枪的人。这个想法使她平静下来。

"我觉得老虎没有跟踪我们，"她说，"也许它跟了一段时间，但现在没有了。如果是的话，它早就攻击了，不是吗？"

约翰正拿着她飞奔时掉下来的太阳帽，他

低头看着它，仿佛在仔细检查每一个针脚。

"它本可以攻击我们，但它没有，"埃尔西坚持说，"这意味着我们不必一直斜着走，也不用考虑风向。我们可以走直线回去。"

约翰把太阳帽反过来，盯着帽檐上的一排缝线看。

埃尔西盯着他："你不知道怎么回去，是吗？"

微风中有一丝新的寒意，远处有什么东西吠叫着，半是哀号，半是号叫。

"我们完全迷路了，不是吗？"埃尔西问。

约翰的头猛地一抬，"都是你的错！"他突然大发雷霆，好像再也控制不住自己了，"如果不是你，我现在已经到家了，我已经把老虎打包了，我会——"

他没接着说下去，紧握着拳头。

"你把一切都搞砸了！"

"我不是故意的，"埃尔西说，"我只是——"

"不管你从哪里来，你都可以愉快地再回去，"约翰喊道，"靠你自己。"

"那你去哪儿？"埃尔西喊道，"等等！"

但他已经转过身去，直直地穿过草地，他的身体因愤怒而颤抖着。几秒钟后，他在埃尔西的视线中消失了。

埃尔西站了一会儿，盯着他消失的地方。

"约翰？"

吠声再次响起，但这一次似乎更近了。

"约翰！"

埃尔西瞥见他迅速向树林走去。她急忙追过去，尽量看清他的身影，但只保持了一小会儿。草长得很高，她什么也看不见了。她疯狂地拍开草秆向前跑去，草秆上的白色绒毛掉在她的头顶上，堆成了泡沫。

"约翰！"她喊道。但她的声音被草的沙沙声淹没了。

她不该责怪他不知道风向。这样是不公平的，她明知他不清楚风向，但也没有更好的建议。她只是跟着他，让他承担责任。

如果让她来试，可不会像凯尔西·克尔维特那么厉害。

现在她迷路了。简直是赔了夫人又折兵。

"约翰！"

据她所知，她可能在兜圈子，尽管前面的草看起来更稀疏了。埃尔西冲向开阔的地方。她没有兜圈子，树就在那儿。

奇怪的事情发生了。树在摇晃，她能听到树木折断的声音，地面传来的声音也震耳欲聋。一个东西出现了，如此突然，如此巨大，仿佛地面在抬升。

埃尔西没有时间转身、呼喊，甚至是呼吸。大象摇晃着鼻子，径直向她猛冲而来。

第20章

　　尽管他有一辆闪亮的吉普车和一副自命不凡的神态，但这位猎人似乎并不是一个称职的猎人。他磨磨蹭蹭，坐下来擦脸两次，疲倦地盯着自己的靴子。更重要的是，从曼迪普的角度来看，他似乎完全不知道自己被跟踪了。

　　曼迪普想，老虎很快会发现他是一个容易捕食的猎物。但此时猎人其实没有真正的危险，因为老虎太聪明了，不会轻易攻击人类，耐性也很好，不容易被激怒。它们很少露面。就连曼迪普也不常看到它们。他只正面遇到过一次。

　　当时是在一条小路上。曼迪普拐了个弯，发现它就在那儿。一只雌虎径直向他走来，离他不到十步远。人和虎都惊讶地停下来，互相盯着对方。对视持续了不到一分钟，但曼迪普能想起每一个细节：它在尘土中颤动的巨爪，高昂的头颅，它的眼神，以及那一片沉寂。

　　他像石头一样呆呆地站在那里，既兴奋又恐惧。然后，雌

94

虎转身离开了小路，消失在草地上。曼迪普知道，年老或受伤的老虎可能是一个威胁，它们会在村庄里游荡，杀死牲畜，有时甚至杀人。然而，只要它们自己生活在森林里不被打扰，人类就不会有什么麻烦。

但是，它们总是被打扰。

镇上拉西特先生俱乐部的大厅里挂着一张照片。曼迪普在六个月前看见过。那天是休去世的日子，家里的电话坏了，曼迪普被派到俱乐部去叫拉西特先生回家。他跑了一路，找到人去叫他，然后在大厅里等着。在那儿他看到了照片，挂在一对装饰的印度羚羊头中间。

那是张老照片。人们持枪而立，老虎的尸体堆得齐腰高。有二十只老虎，也许更多。可能多达三十只……

"怎么了？"拉西特先生匆匆穿过大厅走过来，"出什么事了吗？"

曼迪普猛地把眼睛从照片上移开。

"发生了什么事？"拉西特先生重复了一遍。

曼迪普无法回答。但他也不需要回答，拉西特先生知道肯定发生了什么可怕的事。

曼迪普永远不会忘记他站在那里时脸上的表情，吊扇慢慢地转动，他身后的墙上挂着死老虎的照片。

✺

猎人冲进了一片交错的灌木丛，然后越过山脊消失了。曼迪普并不特别担心。很明显，如果没有向导的帮助，这个猎人几乎不可能找到什么猎物。曼迪普正思考继续跟着他到底有什么意义，这时他爬过山脊，在下面的空地上看到了他。他正趴在地上，枪管搁在一块大石头上，目光专注。

曼迪普抬起头看猎人的目标是什么。

一头雄性白肢野牛，一种印度野牛。它站在离猎人不到一箭之地，正在空地另一边吃草。即使对印度野牛来说，它的体形也算大的了。它的肌肉像一堵黑色的墙，四条腿看起来似乎不够承受身体的重量。它的头像堡垒一样，角弯曲着。它像平时一样远离了牛群，周围没有任何动物能发出警报。

猎人走运了。

野牛缓慢地咀嚼着，温和的脸上一片平静。

如果猎人枪法得当，那张脸很快就会瞪大眼睛盯着一个完全不同的场景。它会被挂在墙上，被牛角的阴影笼罩着，积灰的耳朵周围布满了蜘蛛网……

这个画面如此清晰，如此令人不安，曼迪普全然忘记了小心谨慎。他把手伸进夹克口袋拿出鞭炮。

砰！

鞭炮击中了猎人左边的岩石，一小股火药在接触时炸开。

野牛突然转向，冲进了树林。对这样一头魁梧的动物来说，它跑起来的速度实在惊人。曼迪普听到猎人的喊叫声，但听不清是什么。他从山脊上慌忙退下，半跑半滑，在泥土和石头堆中翻滚下来。

他爬起来，弯腰疾驰，穿过一条竹林隧道，直到到达一条陡峭的沟渠边缘。他立刻跳进去，朝着灌木丛的隐蔽处跑去。

他气喘吁吁地躺在那里，听着是否有跟踪的声音。

猎人一定看见他了，不然他为什么要大喊呢？也许那只不过是一瞥，但曼迪普不能指望这一点。如果猎人再见到他，可能会认出他来。他可能会到家里问个究竟，要求曼迪普的父母给出交代。曼迪普想象着母亲脸上的惊恐，握

紧了他的拳头。

但生气也无济于事。他必须思考。

在外面再待一晚，父母会非常担心，但是被猎人抓住会更糟糕。他需要保持低调。他决定留在森林里，直到危机解除。

第21章

大象在三十步外停住了脚步，周围尘土飞扬。埃尔西听见自己在呜咽，她喉咙里发出了一种细微的、沙哑的声音。她想跑，但她的腿动弹不了。她的身体哪儿都动不了。

大象发出一声尖啸，摇摆着脑袋，又向前迈了两大步。

埃尔西用手捂住头。

"不要表现出恐惧。直视它。"

埃尔西惊恐地朝右侧瞥了一眼。是约翰，他回来了。

"直视它。"约翰重复道。他的声音很平静，几乎像是在聊天。"就是这样，背挺直，不要看别处。"

"如果它踩……踩我怎么办？"埃尔西紧张地尖叫道。

"小点儿声。就好像我们只是在谈论天气。"

约翰慢慢地向她走来。

"这里没什么可看的，老伙计，"他对大象说，"什么都没有，这是场误会。"

大象跺了跺脚，又停了下来，好像在权衡形势。

"如果觉察到了对方的弱点，大象就有机可乘了，"约翰用一贯平稳、平常的语气对埃尔西说，"你打扰了它，仅此而已。"

埃尔西颤抖地吸了一口气："你确定吗？"

"是的。看，它要转身离开了。在它走之前别把眼睛从它身上移开。"

他们肩并肩地站着，看着大象气宇轩昂地离开了。它每隔几秒钟就回过头来，用一种怀疑的眼神看看他们，直到消失在树林中。

"最好不要乱跑，"约翰说，"大象被挑衅时会变得非常暴躁。"

埃尔西不知道大象暴躁起来会是什么样，但她懂了个大概。

"谢谢你回来，"她在他们迅速离开此处的时候说道，"是你救了我。"

"这没什么。"约翰看起来很尴尬。

"很抱歉之前说了那些话。"

"这没什么。"约翰重复道，看起来更加尴尬了。

"我们该怎么办？"

"今晚是回不去了，"约翰说，"我们得露营了。"他眯起眼睛看看太阳，埃尔西很高兴看到他又恢复了老样子，就好像他正在用最深刻、最认真的思想造福世界。

"天快黑了，"他说，"我们需要找个好地方。"

他们很快就找到了一片草地，旁边有一条布满礁石的小溪，溪水在夕阳的照耀下金光闪闪。约翰弯下腰，把水壶装满。

埃尔西刚止住口渴，就感觉到自己有多么饿了。她很想吃蛋白棒。

"你有东西吃吗？"

约翰摇了摇头："我可能还有时间去找点儿东西。你知道怎么生火吗？"

"我当然知道。"

"用火石打过火吗？"

"用过很多次。"埃尔西说。

约翰拿起枪，消失在黑暗的森林里。

埃尔西盯着他递给她的小金属物件，她不知道怎么用。她以前从未生过火，更不用说用火石了。她甚至从未露营过，除非把那次试着在朋友玛蒂尔达家后花园的帐篷里过夜也算作露营。埃尔西觉得那不算。玛蒂尔达总是怀疑有蜗牛爬到睡袋里，所以坚持了不到一个小时，她就回家了。

埃尔西把火石放进口袋，捡了些石头放在火堆和树枝周围。其余的她之后再想办法解决。气温下降了，天空几乎没什么光亮了。她停下来穿上她的套头衫。

远处传来枪声。她愣了一会儿，然后双手颤抖着匆忙做完了手头上的事。

约翰回来时，天已经完全黑了。

"天哪！"他说，"我没想到你这么快就生好火了！"

埃尔西坐在噼啪作响的火堆旁，非常开心。

约翰看上去也得意扬扬。"我打到了一只原鸡！"他把它举起来。

"所以，你掌握了打火石的窍门，"他补充道，"不错！"

埃尔西犹豫了一下，有些纠结。但没什么用。

"我在牛仔裤里发现了一盒火柴，"她承认道，"我一定是把它们塞进口袋了，当时——"

"——就是今天早上我给你点火炉的时候。"她正准备这么说，但她及时停了下来。

"我还找到了一些纸，"她说，"这样火就旺起来了。"

那是一个多星期前学校野生动物中心之旅中用的工作表。她们班一直在做一个关于生态系统的项目。埃尔西不知道她为什么会把表折起来塞进自己的牛仔裤里。她想，这和她把火柴放在了口袋里一样，只是出于习惯。

"可怜的家伙。"她盯着约翰手上抓着的那只鸡说道。

"我们饿了，不是吗？"

埃尔西点点头。

"曼迪普说，原鸡是世界上所有鸡的祖先。"

他跪在地上开始给原鸡拔毛，咬着嘴唇，聚精会神。

"你怎么知道这么做？"

"我已经看厨师做过很多次了。"约翰说。

他们用树枝做成的叉子烤了肉，在等待肉烤熟的过程中，把水壶重新装满。约翰从包里拿出来一包用报纸裹着的散茶叶，抓了一把泡茶。这只原鸡外面烤焦了，里面还是生的，但中间烤得很好。他们狼吞虎咽地吃着，顾不上停下来说话，甚至没有擦嘴。

埃尔西觉得这是她吃过的最美味的一顿饭。

吃完饭，他们又烧了一壶水，准备处理约翰的伤腿。布条被鲜血粘在了皮肤上，埃尔西在火光下尽了最大努力，小心地轻拍了好几下，才终于把布取下来。约翰静静地坐着，双眼紧闭。

"疼吗？"

"没什么感觉。"他微微喘着气说道。

但等到取下布条，伤口彻底清洗干净，他可以自己检查伤口时，他的身体才放松下来。他小腿上的伤口很长，但很浅。子弹只划破了一层皮。

"我告诉过你，这只是擦伤。"

"我们还得再包扎一次。"埃尔西说。她想了一会儿又补充道："你没有剪刀吧？"

"我的折叠刀上有剪刀。就是不太好用。"

"你能闭上眼睛吗？"

"为什么？"

"你就闭上吧。"

他照做了，但埃尔西在脱下牛仔裤之前，还是退到了火光之

外的安全距离。当她开始剪裤腿时，她觉得他是对的，剪刀的确不好用。天几乎漆黑一片，附近可能潜伏着许多野生动物，剪刀派不上什么用场。埃尔西停下来，不安地环顾四周。她的心怦怦直跳。

两个幽暗的，戴着斗篷的影子站在树下。

"你们……是谁？"她喘着粗气。然后她发现那只是一对白蚁墩。

"我就知道是这样，"她小声说，"你们骗不了我。"

经过一番费力地剪切和撕扯，终于剪下了一截裤腿。她穿上牛仔裤后，感觉特别轻快。

"我给你拿了绷带。"她回到火堆旁说。

约翰没有回答。

"你连看都不看吗？"

"你还没说我可以睁开眼睛！"约翰说。

埃尔西叹了口气："好了，很明显，你可以睁开眼睛了。"

由于裤腿一直是卷着的，所以卷起的布料仍然比较干净。埃尔西把它剪成长条，包在约翰的腿上。

"这样好些了吗？"

他点点头。"不过，留着这个也没用。"他说着，捡起他那只血淋淋的袜子，犹豫了一下，把它扔到了火里。

他们一言不发地坐着，看着火焰逐渐吞没了羊毛袜，发出令人满意的嘶嘶声。

这是一个晴朗的夜晚，埃尔西从未见过那么多的星星。森林里很安静，有一种专注的、鲜活的静默，充满了无数闻所未闻的事物。在黑暗深处，一只动物叫着，是一种长长的号叫，又有点儿像猫叫。

"那是豺狼。"约翰说。

"那我们……在这里安全吗？"

"非常安全。只要和火在一起。"

埃尔西慢慢靠近温暖的地方。"我不知道怎么会这么冷，明明白天还很热……"

"得等到夏天，晚上才会一样热。酷热难耐，让人难受。还有季风。"

"这就是你一年大部分时间都要去上学的原因吗？"

"我想是吧。"

"你不想家吗？"

约翰用棍子戳火，戳出一束火花。"大惊小怪是没有用的，"他咕哝道，"你知道，大家都在同一条船上。"

"我说，"他很快换了个话题，补充道，"我想你今天早上起床的时候不会想到自己会在丛林里过夜吧。"

"是的，"埃尔西也这样想，"我没有想到。"

"你到底什么时候来的？"

埃尔西不知道该怎么回答这个问题。她很难说出口，说"我只来了一天"的话，约翰会奇怪，她是怎么在这么短的时间里走到这么远的地方。

"嗯，昨天吗？"

约翰吹了一下口哨，"我知道了，别担心，"他温和地说，"你很快就会熟悉这个地方的，你家在城里吗？"

"是的。"

"我不知道我父亲是否认识你父亲，"约翰说，"你父亲平时去俱乐部吗？"

"去。"埃尔西重复道，又开始了她对一切都表示同意的策略。

"那么，他们可能认识。可能是老朋友了。"

"可能吧……"

"就在昨天，"约翰惊奇地说，"好吧，你可以写一封有趣的信给你在英格兰的朋友，就写你在印度的第一天！"

他坐在那里时，声音里充满了战友情谊，火光照在他那瘦削而真诚的脸上，埃尔西突然想把一切都告诉他。她真正从哪里来，敞开的温室门，古老花盆里蓝色百合花的奇特香味。当他把她的盘子堆满培根时是怎么说"培根是不会错的"。经历一件不可能发生的事是什么样的感觉呢？那就是即使现在她坐在他身边，她也要等很久才能真正出生。

她不能说。他会认为她完全疯了。

"话说回来……我们在争吵的时候，"她说，"你大喊我把一切都搞砸了。为什么？"

约翰凝视着火堆，扒拉着余烬。他的肩膀微微抽动了一下，好像他正要耸肩，然后改变了主意。

"我想是因为老虎吧。"

"我阻止了你开枪，但为什么那样会搞砸一切？"

"它是个食人兽。"

埃尔西真希望她没提起这事。他看上去很生气，所有的友好都消失了。

"它是个食人兽。"约翰重复道。

她意识到，约翰不是生气，更像是要哭出来了。

"我会打中它，然后带回家，每个人都会看到。"他说。

"看到什么？"

约翰没有回答。他坐着抱住膝盖，眼睛仍然盯着篝火。

"你什么都擅长。"他最后说。

"你哥哥？"

"他是我父母唯一关心的人。现在他死了。他仍然是我父母关心的全部。"

这次轮到埃尔西沉默了。她知道被忽视的感觉。

"我想做一些……了不起的事情。"约翰说。

埃尔西点点头。

"就这一次，"约翰说，声音凄凉，"我本来会成为……"

一个主角，埃尔西想。

"你把我从大象手里救了出来。"她指出来。

约翰摇了摇头："我只是给了你一些好建议。任何人都能这么做。"

埃尔西想告诉他，当他长大后，他会成为一名医生，帮助人们康复——甚至可能挽救他们的生命。但她感觉到，即使他相信她，也没什么用。他可能会认为说他会成为一名医生也只是一个"好建议"。

"嗯，我觉得你真的，真的非常勇敢。"她告诉他。

"太荒唐了。"他说。但是埃尔西从他急于转移话题的样子里看出他很高兴。

"我们应该挖一个洞，把剩下的原鸡埋起来，然后把火生旺，睡一觉。"

"你是说，躺在地上就行了？"

"还有别的地方吗？你可以用一些枯叶遮住自己。"

"连鞋子都不脱吗？"

"最好还是穿着吧。你不想早上醒来发现里面藏着两只蝎子吧？"

埃尔西真希望他没有提到蝎子。她面对火躺下，身体紧紧地蜷缩着。没有人能像那样休息，她想。躺在地上，身上盖着一层扎人的枯叶，还有爬来爬去的蝎子试图钻进她的鞋子里。这是不可能睡着的。

二十秒后，她睡着了。

第22章

　　暮色四合，森林里一片漆黑。只有老虎不受影响。夜色越浓，它就越不容易被发现，最后就像一缕灰色的烟雾，与夜晚几乎融为一体。

　　那天下午，它大部分时间都在走动，步伐平稳，不紧不慢，每隔几分钟就会停下来，转头看看出现声音的方位，然后再继续赶路。在那样开阔的地方，在绿叶的映衬下，它是不可能不被注意到的。然而，只要它想，它的身影就可以消失，身体的轮廓和草丛融为一体，条纹消失在阴影中，每一只后爪都准确地踩在前爪走过的地方，留下最少的足迹。

　　它在草木的掩护下缓缓前行，目光警惕。在这片未知的土地上，它对于任何一只视此处为领地的老虎而言都是一个威胁。领土就是一切。只要一只老虎还有力量，它就会为了获得和保护领土而战斗。它一周需要五十磅肉才能活下去，虽然它很可怕，但在杀死猎物前也可能有多次失败的攻击。领土是宝贵的，所以要不断地巡逻，不断地做标记。

老虎在下午走过的路上发现了好几处这样的标记。岩石散发着虎尿的气味，树干高处有爪子留下的深深的裂痕。老虎变得不安起来。

另一只老虎走过这条路，是一只雌虎。但是气味很淡了，树皮上的抓痕已经开始长拢了。

晚上，它来到一个深陷在巨石之间的池塘边，走进里面休息。它在那里待了很长时间，清水和凉爽的温度使它感到舒适。然而，它仍然离家很远，饥饿感与日俱增，胸口瘦得皮包骨头。

最后，它出来了。从树林上方升起的黄澄澄的月亮，现在小了一些，高高地挂在天空上。夜晚是打猎的最佳时间，鹿蜷缩在一起，被黑暗遮蔽了双眼。老虎穿过一片树木稀疏的空地，突然停了下来，空气中一股陌生的味道吸引了它的注意力：水和烧焦木头的味道，还有淡淡的诱人的肉香味。它低下头，嗅了嗅一对白蚁墩周围的地面。然后它轻轻地向前走去。

燃烧的余烬。两个人静静地躺着，火光在他们苍白的、椭圆形的脸上跳动着。老虎盯着他们看了一会儿。然后，微风转了方向，它的鼻尖弥漫着刺鼻的木烟味，鼻子厌恶地皱了起来。它转过身去，眼睛在月光下泛着绿光。

第23章

埃尔西醒了，可能是因为寒冷，也可能是因为鸟儿突然的齐鸣。但埃尔西有不同的想法，她觉得是美本身唤醒了她。

她睁开眼睛，看到了一个闪耀的世界。太阳光和水面粼粼的波光交相辉映，让人眼花缭乱。一切都在发光：湿漉漉的石头，轻软的草地，白蚁墩上闪闪发光的云母小斑点。就连树根上的漏斗蜘蛛网似乎也在发光，像是夜晚留下的梦的碎片。

水边站着一只鹿。它有小而尖的蹄子和天鹅绒般的犄角，身上的白色斑点在飞舞，好像是蹭到了星星。

"我的天呐。"埃尔西低声惊叹道。

鹿抬起头，听着。然后，约翰在地上动了动，鹿马上跳开了，一蹦就消失在雾中。

"你把它吓跑了。"埃尔西说。

约翰睡眼惺忪地坐了起来，树叶粘在头发上。

"几点了？"

"我不知道，"她说，"天太冷了。"

他们站起来，哆嗦着跺脚。

"你还有茶吗？"埃尔西满怀希望地问道。

约翰摇了摇头。"反正生火要花很长时间。"他一边说，一边把石头踢到灰烬堆上，"早餐也没什么东西可吃，我们还是走吧。"

"也许我们应该等到有人来找我们，"埃尔西建议道，"你父母一定在找你。"

"他们可能派人来找，"约翰听起来很沮丧地说道，"我回去的时候会有一场可怕的争吵。"

他们在冰冷的溪流中洗手洗脸，然后观察周围的环境。远处有一座小山，山顶平坦，山坡上的树木稀稀疏疏。约翰盯着它，把手放在额头上遮光。

"从那上面看视角不错。也许能知道我们的方位。"

"但你得花很长时间。"

"如果我跑起来就不用。"

埃尔西想起她第一次见到他的情景，他沿着小路向她跑来。

"我喜欢跑步。"他说。

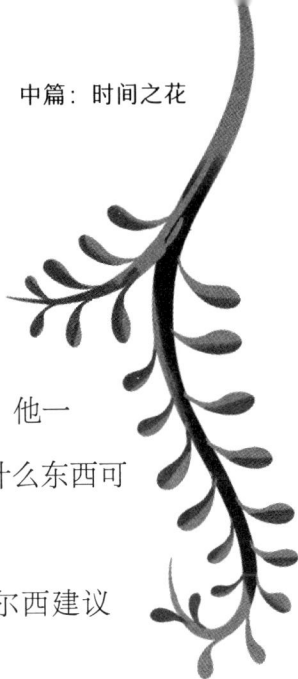

"那你的腿呢？"

约翰戳了戳牛仔布绷带，弯曲了膝盖好几次。"感觉很好。"他把枪从肩上拿下来，递给埃尔西。

"如果有什么东西攻击你，就开枪吧。"他说。

"但我不知道怎么开！"

约翰做了个鬼脸。有那么一会儿，埃尔西以为他又要叫她笨蛋了。但他管住了嘴。

"我不会去很久的。"

埃尔西以为他在撒谎，但当他穿过空地时，她知道他说的是实话。如果伤得很重，没人能那样跑。她惊奇地盯着他。

不仅仅是因为他速度快，而是他跑步的方式。不费吹灰之力，全然不见之前的笨拙。好像他瘦削的身体突然有了意义。

好像他生来就是为了奔跑。

他到达了空地的边缘，消失在一小片灌木丛中。出来之后，沿着山坡向山顶跑去，仍然以难以置信的速度奔跑着。

十五分钟后他回来了。埃尔西知道时间，因为她一直在数数。这也意味着真实的时间可能远远少于十五分钟，因为她总是数得太快。约翰大概只用了十分钟，还是在腿受伤的情况下。埃尔西低头看着她那满是灰尘的运动鞋。

约翰一条腿受伤了，又没有合适的跑鞋。

跑鞋这时候还没有被发明出来。

约翰身体前倾，气喘吁吁，容光焕发。

"你真的很擅长奔跑，"埃尔西告诉他，"真的，太棒了。"

"我知道我们在哪里了！"约翰说，他的呼吸仍然急促，"至少知道我们该怎么回去了。我看见了那条河。"

他解释说，他们要做的就是顺着河流走，就能走到村子里。到了村子，离他的家就不到一英里远了。等他们一到家，他的父亲就会联系她的父母，他们就会来接她。

"他们一定急疯了，"约翰说，"不知道你在哪里。"

"是的，他们一定会的。"埃尔西低头看着地面说。

第24章

他们朝河流的方向出发，约翰自信地走在前面，埃尔西跟在后面。她不禁担心接下来会发生什么事。如果她想不出办法尽快回到自己的时代，她就得和约翰一起回家，她一点儿也不想这样。

她确信他的父母会问比他多得多的问题。埃尔西有一种感觉，简单地对所有事情说"对"是行不通的。也许她可以假装失忆。如果她不停地重复"对不起，我不记得了"，他们迟早会放弃的……

"快点儿，"约翰喊道，"快跟上！"

她听到哗哗的水流声，便急忙穿过茂密的灌木丛，循着水声跑去。河流比想象的要宽，河水呈棕色，水流湍急，在巨石和掉落的树枝周围打着旋儿。埃尔西向下游看去。从远处看不见的地方传来了水流的轰鸣。

是急流，她想，非常大。

"看起来很深。"她说。

"这不算什么，"约翰说，"你应该在季风过后来看看，那才叫深呢。"

他们站在离水很近的地方，那里地面下陷，形成一个狭窄、泥泞的河滩。再往前走，河岸又变得陡峭起来，树根密布，岩石嶙峋。埃尔西正想建议约翰稍微后退，离河水远一点儿可能会更容易走些。这时约翰吓了一跳，突然蹲了下来。

"你在干什么？"

他盯着地面，双手放在骨瘦如柴的膝盖上。

"是同一个，我敢肯定！"

"同一个什么？"埃尔西问道，尽管她有一种不祥的预感，但她已经知道答案了。

"看到爪印了吗？肯定是同一个。"

"它过河了，"约翰直起身子说，"爪印一直延伸到水里，没有指向别的方向。这就证明了这一点。"

倒霉的老虎，埃尔西想。再一次被发现了。

"爪印还很新，"约翰说，"它昨晚一定是从我们营地附近经过的。"

"那么，它不可能吃人，对吗？"埃尔西说，"否则，它已经把我们吃掉了。"她补充道。

约翰没有回答，他的眼睛扫视着对岸："我打赌我能找到它从水里出来的地方。"

"这不重要。我们得回你家去，不是吗？"

约翰又蹲了下来。"是的，还很新，"他对自己重复道，"我可以在对岸找到踪迹。"

"但我们必须回去！你说过你父母会担心的。你已经出门太久了。"

"那就更有理由做点儿什么了。"

"你不能穿过去，水太深了。"

"我以前走过。"

"你是从这儿穿过去的？"埃尔西盯着湍急的水流。

"我需要一根棍子，仅此而已。"他转过身来，开始在灌木丛里翻找，拉扯那些打结的树枝。

"你不能再追那只老虎了，"埃尔西恳求道，"不要这样。"

"你已经说过了。"约翰还在灌木丛中搜寻，"我不知道你为什么这么肯定。"没有别的办法了，埃尔西想。没有别的办法阻止他。她深吸了一口气。

"我敢肯定，因为你告诉过我。你说杀死那只老虎是你做过的最糟糕的事。"

"但我还没有杀它！"

"我知道。"埃尔西一脸无奈地坐在了岩石上，"我来自未来。"她说。

"别胡闹了。"他拿出刀，开始锯树枝。

"我没有，这是真的。我来自七十四年之后的世界，而你是我的……"

埃尔西停顿了一下。她必须向约翰解释一些事情，但完全吓坏他可能不是个好主意。"我是来看你的，"她急忙说，"你住在英格兰的一个村庄里，在你杀死老虎后，把它做成了一块毯子，放在你的客房里，你一直为此感到难过。"

"七十四年之后？"约翰说，"我一定很老了！"

"是的，你老了。"

"别胡说了。如果你想和我一起过河，你也得自己找根棍子。"

"但这是真的！"埃尔西喊道，"前一分钟我还在七十四年后，下一分钟我就出现在这儿了！"约翰盯着她，好像她疯了似的，但她继续说着，描述着温室和那朵奇怪的花，以及她如何告诉自己她一定是在做梦。

　　"这就是为什么我不能告诉你我住在哪里，因为我哪儿都不住。我爸爸和你爸爸不是朋友。他根本就不存在。看看我的衣服。"埃尔西抬起一只脚，"这是跑鞋，你以前从没见过这样的东西，对吗？那是因为它们现在还没有被发明出来。"

　　约翰双手抱胸，等待她说完。

　　"如果你来自未来，"他说，"你一定知道未来会发生什么。"

　　"你想说什么？"

　　"在世界上，所有未来即将发生的事情。"

　　"也不是全部。"埃尔西抗议道。

　　"嗯，主要的事情。"

　　"我当然知道主要的事情。"

　　"那是什么呢？"

　　埃尔西张开嘴，然后又闭上了。在过去的七十四年里到底发生了什么？历史是她在学校里比较擅长的科目，但到目前为止，她们才学到都铎王朝。她绞尽脑汁，试图回忆父母谈到的新闻。远方的战争，某某事多么可怕，诸如此类的。但她不知道该怎么解释。

　　然后她想起了约翰早些时候对女孩的评论。"好吧，"她有点儿得意地说，"你可能有兴趣知道，很久以前有一位女性当上了首相，后来又有一位女性当上了首相，女性参军、踢职业足球、经营公司，等等。"埃尔西停了下来，上气不接下气。

"你以为我会相信吗？"约翰毫不掩饰自己的轻蔑，说道。

"对了，还有气候变化，"埃尔西说着，开始感到沮丧，"这是件大事。环境问题、濒危物种和充满塑料的海洋……"

"你在胡说，"约翰说，"简直胡言乱语。"

埃尔西努力想办法说服他，急得脸都变了形。

"我知道了！"她突然喊道，"人类登上了月球！他们在月球上走来走去，还插上了一面旗帜。"埃尔西记得在电视上看到过那个模糊的画面，"那是一面美国国旗。"

"你是说美国将拥有月球？"

"就因为他们插了一面旗子？"埃尔西感到困惑，"我觉得插旗没有以前那样的作用了……"

"如果我要假装自己来自未来，我会想出比这更好的东西。"约翰说。

埃尔西犹豫了一下。她还记得别的事。在开车去约翰爷爷家的路上，她母亲一直在谈论这件事。当时埃尔西一直忙着写凯尔西·克尔维特的最新事迹，没有太关注，但她知道一个大概。

这和约翰有关。

埃尔西不想让他难过，但这可能是唯一能让他明白她说的是实话的办法。

"你要离开这里了，"她说得很快，"我是说，离开印度，我不知道具体什么时候，但我想很快了。我妈妈告诉我的。英国人离开印度后，又回到了英国，因为印度人想要独立，这很公平，真的。"

埃尔西的母亲还告诉她，英国人一开始就无权进入印度，但埃尔西认为现在可能不是提这件事的好时机。

"你可以回来探视，"她继续说，努力让他少点儿失望，"度假之类的。我的朋友玛蒂尔达去年就去了。她给我寄了一张泰姬陵的照片，不过看不到泰姬陵，因为被她的头挡住了……"

埃尔西的声音渐渐变小了。约翰的肩膀垂了下来，他把新棍子重重地敲在地上，好像在测试结不结实。

"你不需要用来自未来来说明这一点，"他说着，仍在使劲地捶着地面，"我父母一直在谈论这件事。现在全国每个人都知道了！"

"哦。"埃尔西气馁地说。

"你说完了吗？"

"不，我没有！"埃尔西激动地跳了起来，"我来自未来，未来发生了很多事情，比如互联网和智能手机。你可以用智能手机做任何事情，比如即时发送消息、照片、链接，查找资料、支付费用，以及在迷路时找到自己的路……"

约翰停止了敲击，"有趣，"他说，"你有吗？"

"是的，我有！"

"那么，它在哪里？"

"我忘拿了，"埃尔西承认道，"我当时没带着它——"

"如我所料，"约翰说，"我懂你的把戏了，你以为你浪费足够多的时间讲荒谬的故事，就能分散我的注意力吗？这行不通。"

埃尔西摇了摇头，感觉很挫败。如果没有人相信你说的每一句话，那么来自未来又有什么意义呢？她所做的只会让约翰更加坚定。

"你要来吗？"他问。

"太危险了。"

"胡说。最多齐腰深。"

"也许是你的腰吧。"

"随便你。如果你顺着这条河走，就能很容易地找到回家的路。"

他脱下鞋子和袜子，把它们挂在脖子上。然后，他头戴太阳帽，手里拿着棍子，一脸坚定地跨进了水里。

第25章

曼迪普醒来时觉得很担心。他已经离家两晚了。父母已经习惯了他经常不着家，但即便如此，他们现在一定也很着急。等他真回去时，他们就会更生气。父亲是个沉默寡言的人，从不提高嗓门。然而曼迪普知道他会怎么想。

一个游手好闲、不服管教的孩子，被他母亲宠坏了。

曼迪普动身，把烦恼抛到脑后。他发现了一棵野生的醋栗树，于是他摘了把醋栗当早餐，边走边吃，听着露珠从树叶间滴落。太阳升得高些了，一簇簇巨大的光束穿过古老庄严的树木。以前曼迪普见过上千次这样的景象，但每一次都能让他肃然起敬，他想象着，仿佛自己正身处某座庙宇的殿堂或国王的宫殿。

他慢慢地走着，凡是引起他注意的东西，他都会停下来。蚂蚁的踪迹，翠鸟的蓝色飞影，蛇在尘土中留下的痕迹。每隔一段时间，他就会停下来更仔细地观察。一片猫头鹰掉落的羽毛，一个田鼠的白色小头骨。曼迪普的夹克口袋里装满了这样的珍宝。他会把它们保存一段时间，直到有新的取而代之。有几件太珍贵了，他舍不得丢，就把它们放在一个特别的口袋里，缝在夹克的内衬里。里面有一颗老虎的犬齿，一块穿山甲甲壳上的鳞片，还有一颗祖父送给他的红色的坚果状的种子。

这颗种子怎么看也不像种子，但是祖父曾经把它当作红宝石一样捧在手心里。

祖父说：“拿去吧。祝你好运。”

他的祖父病了，神志不清。他告诉曼迪普一些不知所云的事情。他说，这颗种子是世界上最稀有的植物种子。他年轻时曾见过它的花，几年前也看到了。

“这是什么意思？”

他的祖父把种子放在曼迪普的手里，用自己的手包住曼迪普的手，使得曼迪普的手握成了拳。他又开始说话，更奇怪的是，他仿佛半梦半醒。

曼迪普不明白他的话，但祖父还没来得及解释就去世了。直到他快去世的时候，曼迪普手里还握着那颗种子。

这使它成了一件珍宝。

河水浅浅地漫过凸出来的平坦岩石，曼迪普过了河。他爬上一座山脊，沿着另一边的斜坡蜿蜒而下，朝着家的方向走去，但他不确定该走多远。以防万一，在接近房子之前，最好等到天黑。

他来到一条小溪的岸边，这时有东西引起了他的注意。是灰烬。曼迪普用指尖摸了摸。很厚，一定燃烧了好几个小时。

他站起来，环顾四周，看到一堆零散的树干、树枝下面压着一块白色的碎片。他把它拽出来。一张纸，被撕成了两半，且皱得厉害，好像折叠了很多次。曼迪普把它放到膝盖上抚平。在纸的顶部，他看到一行印刷体的文字，下面有人用铅笔加了两三句话。他能辨认出几个词：相互作用……一切……否则……都会灭亡……但是字迹歪歪扭扭，还有拼写错误，让人很难理解其中的意思。

他皱起眉头。他相当擅长阅读英语，他在乡村学校学过。但有些词他不明白。他小心地把那张纸折好，放进包里，以便以后学习。

曼迪普觉得这不是猎人生

的火。猎人离这里很远，可能还在河对岸，或者已经放弃了，回到了他本来待的地方。也许是约翰，虽然他不太可能离家这么远，而且如果他计划远行，他会告诉自己的。

曼迪普犹豫了一下。可能不会。在约翰的假期，他们通常很长时间都在一起。然而，今年约翰基本上是独来独往。曼迪普可能会因此有些伤心，尽管他们迟早会分开，但在内心深处，他知道约翰没有改变。

他只是不开心。

曼迪普观察着地面，穿过了空地。有一个地方的灌木丛被推倒了。他沿着同一个方向，小心翼翼地往前走着，再次朝河边走去。

第26章

埃尔西别无选择，要么跟上他，要么孤身一人。所以她只能跟着约翰。

在印度中部，1946 年。

没有时间去找棍子了，但也许她根本不需要。再往下游走，河中央有一块巨大的扁平岩石。那里的水看起来稍微浅一点儿。埃尔西决定继续穿着运动鞋。赤脚的话可能会滑倒，而且运动鞋干得很快。

水比她想象的要冷，走了几步后，水已经漫到了膝盖。她能感觉到水流的推力，如果不小心的话，这股力量足以使她失去平衡。她停下来，又走了一步，走过脚下的鹅卵石，水流的声音更大了。

她向左边瞥了一眼。约翰已经蹚过一半了。水漫过他的腰，他把枪举过头顶，棍子斜斜地插在水里，好像水要把它抽走似的。

埃尔西想，幸好她把牛仔裤的裤腿剪下来了。那些浸水的牛仔布的重量可能是致命的。虽然离岩石只有几步远，但水现在已经漫到大腿了。一块石头滑到了她的脚边。她踉踉跄跄地向前走，差点儿摔倒，还好及时抓住岩石，站了起来。

她摇摇晃晃地走过去，低头看了看，心立刻沉了下去。岩石另一边的水要深得多。河床在那里形成了一个洞，她甚至看不见河底。

"约翰？"她喊道。

他还站在之前的地方，只是他的棍子不见了。

"约翰！"

他摇摇晃晃，站直身子，艰难地走了两三步，水流拍打着他的衬衫。他找到一根伸出水面的卡住的树枝，把枪钩在末端，挂上他的包和鞋子。

埃尔西想，他拿不动这些东西。他害怕失去平衡。

"停下！"她尖叫道，"回来！"

约翰抓着树枝，似乎有些犹豫。但是对岸近在咫尺，再走几步就到了。他回头看了看来时的路，又转过头看了看对岸。然后他松开树枝，向坚实的地面猛冲过去，好像只有速度才能救他。

一秒钟后，他倒下了，水流毫不费力地把他拍倒，就好像约翰也是一根树枝。她看到他抓住了对面河岸上悬垂的灌木丛，手臂剧烈颤动着。他抓住的是一束叶子，不到一秒钟，就松开了手，被水冲走了。

埃尔西尖叫起来。

她旁边的岩石上站着一个人，她不知道他是如何、何时到那里的。他蹲在边上，双手抓住正快速移动的人影。她看见他抓住约翰后背的衬衫，把他拉到岩石上。然后，她也蹲下来，拉住了约翰的胳膊。约翰挣扎着爬起来，咳嗽着往外吐水，浑身湿透了，看上去比以往任何时候都要瘦弱。

埃尔西看着救了约翰的人。他大约十二三岁，没有约翰那么高，但看起来更强壮，穿着脏兮兮的衬衫和夹克，腰间裹着像裙子一样的一截布，口袋里插着一根黄色的羽毛。

但让埃尔西印象最深的是他的眼睛，炯炯有神，仿佛这个男孩在用他的目光探索世界。

"曼迪普！"约翰喘着粗气。他抓住男孩的胳膊，水从他震惊的脸上滴落下来，"你救了我！"

第27章

他们坐在河岸上，约翰还在拧短裤里的水。

"介绍一下，这是凯尔西，"他告诉曼迪普，然后停顿了一下，"你姓什么来着？"

"克尔维特。"

"我还是觉得这名字听起来像捏造的。"约翰说。

"很高兴认识你。"曼迪普说。埃尔西喜欢他说英语时那种谨慎、近乎正式的方式。这让他听起来很友善。

"但我们还没有解决枪和鞋子的问题。"他说。

"我给忘了！"约翰说，"幸好我把它们挂在树枝上了，否则就被冲走了。我到底要怎么把它们弄回来？"

曼迪普从包里取出一卷绳子。他解释说，约翰可以绑着绳子过河，那样会更安全。

"这条绳子太短了，"约翰说，"我觉得我们可以找一根分叉的棍子，用它来代替绳子。"

埃尔西遗憾地想，如果她是凯尔西·克尔维特，这将是她展示套索技能的最佳时机。与套一头长角公牛相比，套一双挂在树枝上的鞋子简直是儿戏。

约翰和曼迪普还在争论棍子和绳子的优劣。

"听我说。"约翰说。

"你听我说。"曼迪普说。

他们似乎并不生气，甚至没有不耐烦。好像他们已经习惯了争论，以至于争论已经变得不像争论了。他们两个很像，埃尔西想。两人都很固执，难怪他们是朋友。

最后，他们终于达成了共识。约翰尽可能地蹚过去，抓住绳子甩向对岸，然后用棍子钩住，以胜利者的姿态取走他的所有物。

"不过我的太阳帽可惜了，"他说，"现在肯定在下游五英里的地方了。"

埃尔西从背后把它拿了出来。当他们在抢救约翰的东西时，她在下游的岩石中慢慢搜寻。她发现了在浅滩上漂浮的太阳帽，就自己用棍子把它捞了出来。清理了里面的

杂物，又洗了洗，它看起来几乎和新的一样。

她满意地把帽子递了过去。

约翰一句话也没说就接了过去。埃尔西不太开心。虽然拯救一个人的帽子远不如拯救他的生命那么令人印象深刻，但这仍然是一件大事。他理应感谢她的。

约翰正忙着给曼迪普看泥巴里的老虎爪印，手指着河的另一边，一脸兴奋。

曼迪普低下头，用另一种语言说了些什么，声音很低。埃尔西不知道约翰回答了什么，因为他开始用和曼迪普一样的语言说话，语速很快，好像在试图说服他。

曼迪普没有回答。他一动不动地站着，没有看约翰。

埃尔西想，他们在争论，但是这和以前不一样。

"你们在说什么？"她问道，"你们说的是什么语言？"

"当然是印地语，"约翰回答，"曼迪普说，昨天早上那头老虎并没有杀死河边的孩子，但我认为，那只是因为女人们吓了它一跳，把它赶走了。"

他又开始说印地语，声音比以往任何时候都大，似乎没有注意到曼迪普越来越安静。

埃尔西开始觉得，她心底里可能不太喜欢约翰了。

"那就这么定了，"他宣布，"我们会往上游走，找一个安全的地方过河，然后从河对岸走回来，找到老虎的踪迹。"

说完他就转身走开了，没有给其他人回应的机会。

他们默默地跟在后面，和约翰保持着一定距离。几分钟后，曼迪普从包里拿出一把杏仁。

"你吃吗？"

埃尔西点点头。

"你可以用牙齿咬碎它们，"曼迪普说，"壳没那么硬。"

"好的，"埃尔西害羞地说，"谢谢。"

他们嚼了一会儿，什么也没说，眼睛盯着大步走在前面的约翰。

"他不应该这样做。"埃尔西总算开口了。

曼迪普说："一旦他下定决心，要改变就不容易了。"

"但你觉得这是个坏主意，对吗？你说老虎没杀那个孩子。它可能根本不是食人兽。"

"可能不是。"

"他这么做只是为了吸引父母的注意。"

"是的,"曼迪普同意道,"因为休。"

埃尔西生气地瞪着约翰。他没有回头看他们,一次也没有。她说:"我不知道他为什么这么霸道。"

"这是因为他知道自己错了。"曼迪普简单地回答。

约翰的头发干了之后,样子很滑稽,一根根竖在脑后。埃尔西突然为他感到难过。他迟早会放弃的。老虎现在一定已经走远了。她甚至怀疑他们是否能找到它的踪迹。事实证明,她是对的。

他们发现了更糟糕的情况。

第28章

　　他们走了一个多钟头，到达一个可以安全过河的地方时，约翰已经放慢了速度，足以让其他人赶上，但他仍然保持着令人不快的沉默。他们停下来休息和喝水时，他和大家分开坐。趁埃尔西和曼迪普没有注意，他看了他们一眼，踢了踢地上松动的草根。

　　曼迪普把剩下的杏仁分给其他人吃。他们慢慢地吃着，想把一小顿饭吃得久一点儿。

　　"你真的没有别的了吗？"埃尔西问道。

　　约翰低下头，盯着手掌上的最后两颗坚果。

　　"如果你想吃的话就拿走，"他突然说，把一个递给埃尔西，另一个递给曼迪普。"嗯，我不是特别饿。"他僵硬地补充道。

　　埃尔西可以看出来他想和好，但不知道该怎么做。

　　他们又出发了。埃尔西在前一天走了那么多路后，双腿酸痛，但是这并没有给她带来多大的困扰。

曼迪普知道很多关于森林的知识，而且非常善于指出一些她可能从未注意到的事情，于是她忘记了自己很累。好一段时间，她甚至忘记了自己不应该在这里，在七十四年前，在离家数千英里的地方。

"哪里有梅花鹿，哪里就有叶猴，"曼迪普告诉她，"他们像一个团队一样互相帮助。"

"竹子是一种奇怪的植物，"他说，"它能长三十多年，但只开一次花，过后就死了。"

"那儿又有一只那种大蜘蛛！"埃尔西大叫道。

"这是一只雌蜘蛛，"曼迪普告诉她，"雄性的体形要小十倍。如果有机会，雌蜘蛛会吃掉雄蜘蛛，因为它总是很饿。"

"那太可怕了，"埃尔西露齿笑道，"她真是个可怕的老婆！"

他们聊天时，约翰越来越痛苦。他的腿又开始瘸了，一次又一次地用手背擦脸。

"我们一定快到了。"他每隔几分钟就咕哝一次。

埃尔西确信他已经厌倦了这种寻找，他很想放弃，但却因为骄傲不敢承认。她想他所需要的只是一个借口，一个保全面子的方法。

过了一会儿，他找到了。

有一辆吉普车停在一条泥泞的小路中间。

"嘿！"约翰急切地说，"这是什么？"

吉普车看起来很新，尽管车轮和引擎盖上有灰尘。除了副驾驶座位上放着顶大大的太阳帽，车内空无一人。

"可能有人在外面找我们，"约翰说，"我们必须和他们一起回去。真倒霉。"

"是的。"埃尔西看了他一眼，"真倒霉……"

"曼迪普去哪儿了？"她突然问。

"他一分钟前还在这儿！"

"他不见了。"埃尔西说，回头望着他们来时的路。

一声愤怒的喊叫从他们的左边传来，紧接着是一声痛呼。

"曼迪普！"约翰冲上前去，然后突然停了下来。一个沙黄色头发，戴着眼镜的男人大步从森林里走了出来。曼迪普和他在一起。那个人紧紧抓住曼迪普的手臂，曼迪普每次绊倒时都被他猛地一拉。

"你到底在这里干什么？"男人看到约翰和埃尔西时问道。他又使劲猛拉了一下曼迪普的胳膊。

"放开他。"约翰喊道,"他什么都没做。"

"他要先把口袋翻出来。"

曼迪普一动不动,脸上因恐惧而一片茫然。

"他什么都没做!"约翰重复了一遍。

"这要看了才知道。"那人紧握着曼迪普的手,然后他的手指伸进曼迪普的口袋,"来吧,都倒出来!"

"你不能欺负他!"埃尔西惊呆了,大声喊道,"这是虐待儿童!"

那个男人盯着她看了一会儿,好像她完全疯了似的,然后转向曼迪普。

"我几乎可以肯定,你就是一直在跟踪我的那个人。故意扰乱我打猎,故意!"他气得提高了嗓门。他深吸了一口气,用另一只手捋了捋头发,好像在试图让自己清醒。

"那是我见过的最大的印度野牛,我已经瞄准它了。现在我想起来了,我的山羊也不明不白的失踪了。绳子看起来像是用刀割断的。"

这段记忆似乎再次激怒了他。他更用力地拉拽曼迪普的手臂。

"别再伤害他了!"埃尔西喊道,"你不能那样做!"

没有人听她说话。约翰脸上露出谨慎的表情。他在短裤上擦了擦手，伸出手来。

"我叫约翰·拉西特。"

"戈登，"那人厉声说，没有理会那只手，"我叫埃里克·戈登。"

"我想一定是弄错了，戈登先生。曼迪普不可能一直在跟踪你。他一整天都和我们在一起。"

"呵，但我说的是昨天。他昨天在哪里？"

"他昨天也和我们在一起，"约翰说，"我们一直在追踪一只老虎。"但他在说谎之前犹豫了片刻，埃尔西看出来戈登先生不相信他。

"我还是要看看他的夹克里有什么。"

曼迪普看了看约翰，又回头看了看戈登先生。然后他带着挫败的神情，默默地脱下了夹克。

"这都是些什么垃圾？"戈登先生说着，在口袋里翻来翻去，扔出了各种各样的小玩意儿。他脸上露出胜利的神色："我就说嘛！"

他举起一小卷纸。

"但这只是一个鞭炮。"约翰说。

"没错！"戈登先生重新抓住曼迪普的胳膊，"这就是我需要的所有证据。是他在跟踪我。"

"我相信我父亲能解决这个问题，"约翰语速很快地说，"我肯定。"

埃尔西困惑地看了约翰一眼。他为什么说他父亲？应该联系曼迪普的父亲啊。然后她想起了自己身在何处。戈登先生更有可能相信约翰的父亲，原因很简单。因为约翰的父亲是英国人。这就是这个地方的法则。埃尔西默默地盯着地面，不安地耸起肩膀。

"如果你能开车送我们回家……"约翰恳求道。

"恐怕不可能，"戈登先生听到城镇的名字时说，"那太远了。"

他带着曼迪普向吉普车走去。埃尔西和约翰紧跟在他后面。约翰说："我必须联系我的父母。我必须这么做！"

戈登犹豫了一下，好像是第一次看到他们这么邋遢的人。他瞥了一眼约翰缠着绷带的腿和一只耷拉着的袜子。

"好吧，我想我不能把你一个人留在这里，"他说，语气有些勉强，"你们也一起来，等我们到了索尔比家，把事情弄清楚。"

　　他们坐上吉普车，沿着崎岖不平的道路前行。埃尔西坐在中间，目不转睛地盯着戈登先生的后脑勺。

　　"他是谁？"埃尔西低声问。

　　"我不知道。我也不知道这个索尔比是谁。"

　　"你知道吗？"埃尔西问曼迪普。

　　"我不知道他从哪里来，"曼迪普喃喃地说，"只知道他在追一只豹子……"

　　埃尔西手里还拿着从地上捡到的曼迪普夹克上掉落的黄色羽毛。她把它抚平，放在他的膝盖上。

　　"好吧，我不管他是谁，"她小声说道，"我讨厌他。"

第29章

　　他们驱车穿过森林，在山脊和干涸的河床上缓慢前行。在回到大路时加快了速度，树木模糊地一闪而过。埃尔西从后视镜里瞥了一眼戈登先生的脸。他的眼镜反射着光线，像两个燃烧着的空唱片。然后他把头转了一下，她看到他的眼睛正在看着她。

　　埃尔西立刻把目光移开，双手紧握在膝盖上。也许他注意到了她的衣服很奇怪。也许他想知道她来自哪里。这个想法吓了她一跳。她用手肘轻轻推约翰。

　　"别告诉他我来自未来。"她小声地说。

　　"我不会的，"约翰小声回答，"因为你不是。"

　　"我们要去哪里？"他问戈登先生。

　　"我告诉过你，索尔比家。"

　　"但他是谁？"

　　"你是说你没听说过他？"戈登先生操纵着换挡杆。吉普车发出嘎吱嘎吱的声音，车轮下面扬起灰尘。"他很有名，是印度最好的猎人。你一定见过他的照片。"

"也许吧，"约翰说，"我不知道。"

"如果你见过的话，你会记得他的，"戈登先生说，"他长得威风凛凛。"

埃尔西想，他很难这样评价自己，因为他身形矮小，胡子稀疏。

"索尔比是一个活生生的传奇，"他用同样热情的语气继续说道，"他几乎把地球上所有的猎物都打过了，但老虎才是他真正的专长。"

曼迪普把头转向窗外，似乎想把自己置身事外。

"你不是说你也在追踪老虎吗？"戈登先生问道。

约翰没有回答。

"你说什么？大点儿声。"

"是的。"约翰喃喃地说。

"那你赚到了，索尔比是个专家。这个人对老虎无所不知。他很擅长追踪，简直不可思议。如果不是我了解，我还以为他真的能和野兽交流呢。我缠了他好长时间，他才同意我参加一次他的狩猎。"

"这就是为什么现在你要去那里吗？"埃尔西问道，因为太反感，埃尔西不再保持沉默，"去打猎吗？"

"是去猎虎，"他纠正道，"索尔比每年举行一两次猎虎活动。请注意，仅限于少数人。他对客人很挑剔，这是理所当然的。我听说他的猎虎活动非常壮观。我想我应该早一天来，在其他人到之前从他那儿得到一些有用的建议。"

埃尔西没有回答，尽管她有很多话想说。她双唇紧闭，心因为愤怒怦怦直跳。

狩猎的话题到此结束，戈登先生似乎也没什么可说的了，他继续沉默地开车。

在森林小路上行驶了大约一个小时后，吉普车转向了另一条铺好的路面，路上显然没有其他车辆。晨曦消散，太阳只不过是明晃晃的天空中一团模糊的光晕。

已经过了午餐时间。但埃尔西太紧张了，不敢问戈登先生这趟旅程还要多长时间。戈登目不转睛地盯着前方的道路，汗水顺着他的脖子后面流淌，浸湿了衣领内侧的一圈污渍。

过了一会儿，约翰打起盹来，他的头跟着吉普车的颠簸晃来晃去。埃尔西看了看曼迪普，他除了把羽毛放回夹克口袋，几乎一动不动。他僵硬地坐着，眼睛睁得大大的，充满了警惕。

这条路是弯的，弯道一个接一个。他们好像是在上山，不过山势很缓，埃尔西几乎没有感觉到上升。然后，树木消失了一会儿，她瞥见了远处朦胧的地平线，大地绵延数英里汇聚一处。他们爬得比她想象的要高得多。

"你知道我们在哪里吗？"她问曼迪普。

他用力地摇了摇头："我以前从未来过这里。我们现在离那条河一定有二十五英里了，也许还要更远一些。"

他们继续前进，路还在上升。吉普车减速，转向一条狭窄的小路，然后又转向一条更窄的小路。吉普车向前行驶时，两边的植物密密麻麻，像围墙一样拔地而起。这堵墙越来越高，直到天空变成了一条丝带那么窄。过了一会儿，天空完全消失了。

他们在一条深绿色的植物隧道里，里面没有光。埃尔西在黑暗中几乎看不见自己的手。她只知道树枝嗖嗖地刮擦着吉普车的侧面和车顶。这听起来像爪子在抓挠，她想。她仿佛走进了什么可怕野兽的巢穴。一时间，她陷入了恐慌之中。接着，小路变宽了一些，他们走出了隧道，转过最后一个弯，停了下来。

第30章

埃尔西看到一片平地，四处遍布树木。中间矗立着一栋两层的楼房，宽阔的屋顶、白色的木柱搭成一条阴凉的长廊。五六座较小的建筑簇拥其后，中间隔着一堵低矮的石墙。

戈登先生关掉引擎。在突然的寂静中，埃尔西听到了周围森林的搏动。两名身穿白色束腰外衣和长裤的男子匆匆走过来，从吉普车后备厢取下行李。

戈登先生打开门让他们下车。

"不是让你下车。"他说着，把一只手重重地压在曼迪普的肩膀上。他对其中一个人说了些什么，声音粗鲁。那人点点头。

"跟我来。"戈登先生告诉其他人。埃尔西不想去，但是似乎没有别的选择。她跟着他上了楼梯，来到游廊上，经过一排柳条桌椅。

她回头看了一眼。曼迪普被人推搡着离开了，绕过了大楼的一侧。埃尔西想看看他们要去哪里，但前门已经开了，她被领了进去。一个戴着头巾、穿着夹克、表情严肃的男人默默地领着他们穿过大厅，大厅里有一个衣帽架和一堆手杖。约翰把步枪从肩上滑下来，小心地支在一个角落里。然后那人打开另一扇门，示意他们进去。

他们进了一间宽敞的客厅，百叶窗挡住了光线，里面放满了舒服的沙发和扶手椅，一个书架，还有几盏带流苏的灯。瓶子整齐地排列在一端的吧台上，壁炉上方的墙上挂着一只熊头。熊头黑乎乎的，长着锥形的鼻子，一脸困惑的表情，好像对自己身处何地感到惊讶，还在试图弄清到底发生了什么事。

"天哪，我需要喝一杯。"戈登先生说着，一屁股坐在沙发上。"威士忌，"他对戴头巾的人说，"要一大杯。"

他瞥了一眼埃尔西和约翰："我想你们饿了。厨房里有吃的东西，仆人会带你们去。"

约翰没有动。"我得给父母打电话。"

戈登先生喝了一大口威士忌，咽了下去，满意地叹了口气。

"电话？"他反驳道，"在这荒郊野外？不太可能。"

"那么，能派人去找我父亲吗？"约翰说，"他会担心我们的。等他来了，他会把一切都处理好。"

"我不知道。我是客人。你得去跟索尔比谈。"

约翰无可奈何地盯着他看，但他知道这没什么用。仆人已经示意他们跟过去。他们走出房间，沿着走廊来到大楼后面的厨房。

"这里没有人。"埃尔西说。

"别指望厨师在等我们，"约翰说，"午餐时间一定过去很久了。"

他是对的，厨师没料到他们会来。过了一会儿，他出现了，一脸怒气，开始做饭，锅碗瓢盆敲得砰砰作响。

约翰和埃尔西紧张地坐在桌旁等待。

"你看到他们把曼迪普带到哪里去了吗？"埃尔西低声问道。

约翰摇了摇头，脸上露出焦虑的神情。

"这是什么地方？"埃尔西问道。

"从外观上看，是狩猎小屋。"

"你觉得你父母知道你和曼迪普在一起吗？"

约翰点点头，回答道："他们一定猜到了，这意味着他们不会那么担心。但你父母一定急疯了。他们可能认为你被狼吃掉了。"

"他们什么都不会认为，"埃尔西说，"他们也不能。我告诉过你，他们现在都还没出生呢。"

约翰做了个鬼脸，说："别再开玩笑了。"

厨师突然转过身，把两盘炒蛋和吐司放在他们面前。他双臂交叉地站在桌子旁边。

埃尔西小心翼翼地咬了一口。鸡蛋有一种奇怪的肥皂味。

"很好吃。"约翰说。

"是的……很好吃。"埃尔西附和道。

厨师没有回答，但他那暴躁的表情缓和了一点儿。在他们吃完鸡蛋后，他做了甜点，兴高采烈地摆在他们面前。

埃尔西盯着一块楔子形状的果味牛奶冻。它软软滑滑的，但是尝起来没有什么不好的味道。相反，它什么味道也没有，不知怎的，这让它尝起来更难吃。但她能感觉到厨师的眼睛在盯着她，于是她匆忙吃完，屏住呼吸，同时努力礼貌地微笑。

"我们现在该怎么办？"在他们吃完最后一口黏糊糊的东西，并且厨师把盘子收拾干净后，她问道。

"我们唯一能做的事，"约翰说，"就是找索尔比谈谈。"

第31章

尽管饭菜的味道很奇怪，埃尔西吃完后还是感觉好多了。但是，当仆人领着他们走上木楼梯去见索尔比时，她无法克制住内心越来越诡异的恐惧感。一部分是因为不知道曼迪普发生了什么事，一部分是因为约翰脸上的不安，但主要是因为沉默。

外面没有声音。她能听到的只有仆人上楼的脚步声，以及头顶上风扇的声音，其中一个叶片略微弯曲，在静止的空气中转动，呼呼地响着。

他们走到楼梯最上层，发现他们正身处一个宽阔的平台，两边都有门通往不同的房间，中间有一片很大的空地，周围有一圈木栏杆。埃尔西仔细看了一眼，看到下面有一张长桌子。埃尔西猜想她正低头看着的是楼下的餐厅。

仆人在一对双扇门前停了下来。他轻轻地拍了拍，低下头听了听。然后他打开门，他们走了进去。

埃尔西首先想到的是，这是她见过的最乱的房间。里面塞满了各种各样的东西，让人根本无法专注于任何一样。然而，她感觉到那里的一切都有些不对劲。似乎每件物品——从华丽的家具到挤满每个空隙的数百件装饰品——形状都有点儿奇怪。但她没有时间细想。她所有的注意力都被坐在房间中央的那个男人吸引了。

戈登先生曾形容索尔比令人印象深刻，现在埃尔西明白了原因。去年，她在学校里学习了板块构造的知识。板块位于地壳表面之下，当它们移动时，其冲击力能使峡谷分裂，山脉上升。索尔比就有着像板块剧烈运动后地表形态的外貌。从他突出的下巴和凹凸不平的前额，到他那高耸的鼻梁，仿佛是巨大的地下力量形成了他的面貌。

他盯着两个孩子看，但是从他深陷于突出眉毛下的眼睛里看不出任何表情。埃尔西所能看到的是，他的眼睛是黑色的，一眨不眨，尽管他身边的一支燃烧的香烟隐隐冒着缕缕灰烟。

"我叫约翰·拉西特，"约翰说，有点儿迟疑地向前走去，"她叫凯尔西……"

"克尔维特。"埃尔西跟着他咕哝着。

她的脚下有一种陌生的感觉。乍一看，她以为地板上铺的是地毯。但那不是地毯，那是兽皮。鹿皮、斑马皮、狮子皮、豹子皮和熊皮，多得只能重叠在一起，扁平的四肢展开，好像要伸出去抓住对方。埃尔西深深地吸了一口气。空气中弥漫着一股麝香味，和香烟的烟雾混在一起。

"戈登告诉我，他在来这里的路上捎上了你们俩。"索尔比说。他吸了一口烟，眼睛紧盯着约翰的脸，然后往手肘旁的烟灰缸里轻弹了一下烟灰。"这里离你家很远吧？"

约翰点点头。

索尔比瞄了一眼窗户，仿佛在判断光线的角度。

"我的一个手下可以开车送你们回去，不过你们必须马上离开。"他说。

埃尔西被他的粗鲁吓了一跳，他甚至不想掩盖想赶他们走的事实。但她不在乎。她突然很想离开，索尔比的椅子让她觉得有些不安。椅子扶手是象牙做的，象牙上污渍斑斑，他双手休息的地方已经被磨得锃亮。她不禁注意到，他掐灭香烟的那个烟灰缸也根本不是一个缸，而是一个涂了漆的龟壳，边缘还镀了一层金。

"那曼迪普呢？"约翰问。

"啊，对了，那个印度男孩，"索尔比说，"就是那个让戈登不爽的人。"

"事情仅此而已，先生，"约翰说，"其中有误会，曼迪普没有做错任何事。"

"戈登可不是这么说的。"索尔比从椅子上站起来，穿过房间走向书桌。"他告诉我那个男孩破坏了他的狩猎。坦率地说，他没必要这么想，因为他不可能猎到什么东西。他作为猎人完全不合格。"索尔比把手伸进书桌上的一个盒子里，又掏出一支香烟。"但这不是重点，对吗？"他说着，回头看了看约翰。

埃尔西猜到约翰会回答什么，不过她心不在焉，没有听清。她突然意识到为什么房间里的一切看起来都很奇怪。索尔比的椅子、烟灰缸、扭曲的桌腿、斑驳的画框、灯罩、奇特的装饰品……

那些都是由动物或动物的身体部位制成的。

她没有一下子发现，是因为这些动物都被费力地改造过了。废纸篓是大象的脚，大烛台是各种各样的象牙，箱子盖是鳄鱼宽大的后背。斑马腿做成了椅子，猴爪做成了梳妆台的把手。时钟在一个头骨里滴答作响，曾经驱赶蚊蝇的尾巴现在绑住了窗帘。

埃尔西想，成百上千的活生生的动物被猎杀，然后制成了装饰品。

"你确定吗？"索尔比说道。

"是的。"约翰说，尽管他的声音有点儿哽咽。也许房间里可怕的东西也让他感到恐惧。

"恐怕不可能，"索尔比说，"戈登决心把那个孩子留在这里，直到他能把他交给当局。我不想和客人争论，除非人们付给我和他一样多的钱。"

索尔比书桌上的点烟器是用骨头做的，经过高度打磨，弯曲度和手很贴合。他轻轻一弹，点燃了香烟。

"你们不能带他走。"他说。

"我不能丢下他，先生，"约翰勇敢地挺直肩膀说道，"你知道，他是我的朋友。他救了我的命。"

"随便你。"索尔比说。

有一瞬间，埃尔西的愤怒盖过了害怕。"但你必须让曼迪普离开！"她的声音变得尖利，"你不能把他留下！"

索尔比瞥了她一眼，好像第一次注意到她似的，然后就把目光移开了。

"如果我父亲在这里，可以和戈登先生谈谈，我相信他可以解释一切，"约翰急忙说，"你不能转告他吗？他明天早上就能到这里。"

索尔比的表情没有变化。埃尔西不确定他有没有表情。但他的眼睛眯了一会儿。他晃了晃手腕，低头看了眼手表，然后穿过房间，按下了门边的一个按钮。

"这比我想象的要晚了，"他说，"太晚了，今晚不能派任何人出去了，我们明天再讨论。另外，我建议你洗个澡，把衣服洗干净。有人会告诉你需要的东西都在哪里。"

约翰看起来很沮丧，他似乎还想说些什么，但仆人已经来了，索尔比在身后关上了门。

第32章

他们被带到一楼的一个房间，里面家具很少，地毯破旧不堪，两张床比金属幼儿床大不了多少。但发现自己有单独的空间时，他们还是松了一口气。

他们在床上静静地坐了一会儿。

"那个房间……"埃尔西终于说道。

"可怕。"约翰的肩膀耷拉着，"幸亏曼迪普没看见。他很喜欢动物。"

"你觉得戈登先生说曼迪普破坏了他的狩猎是真的吗？"

"是真的，很遗憾。"

"我不在乎。戈登先生仍然错了。"

"我再告诉你一件不对劲的事，"约翰说，"索尔比并不介意我们回去，但当我让他派人去叫我父亲来的时候，他突然说已经太晚了。你注意到了吗？"

埃尔西点点头。

"在我看来，这太可疑了。"

"我不明白他们怎么能绑架曼迪普，还说要把他带到什么地方去，"埃尔西说，"他还是个孩子。"

"这和是不是孩子没什么关系。这个国家现在不太平，有一些暴乱之类的事情。报纸上到处都是。我父亲说人们都很紧张。如果当局认为曼迪普是政治上的煽动者，他会有麻烦。"

"就因为他是印度人？"埃尔西被这种不公平现象震惊了，脱口而出。

"是的，当然是因为这个！"

"你不必冲我发火。"

"对不起。"约翰把头埋在手里。

埃尔西的鼻子有点儿痒。她揉了揉，想知道自己是不是对什么东西过敏。她的朋友玛蒂尔达肯定会知道。玛蒂尔达有很多过敏症，尽管它们大多是在体育课前或考试中出现的。

外面有啪嗒啪嗒的走路声，埃尔西向窗外望去，想看看声音是从哪里传来的。四五只尾巴弯弯的叶猴正跑过她右边的铁皮屋顶。就在她看着的时候，其他猴子也加入了进来，从附近一棵树悬垂的树枝上跳下来，其中一只背上还挂着一只小猴子，就像一个小骑士。

"那不是厨房的屋顶吗？"埃尔西问。

约翰仍然把头埋在手里。"都是我的错，"他说，"是我把曼迪普牵扯进来的。"

"不是的，"埃尔西说道，"是他破坏了戈登先生的狩猎，所以是他自己参与进来的，不是吗？他也不是完全没有关系。"

"我不是那个意思。我是说在河边的时候。曼迪普不想让我们去追老虎。他和我说过。但我清楚他会听我的，不会抱怨或阻止我。"

"为什么呢？"

"因为他……"约翰的声音渐渐变小了。

因为他是园丁的儿子，他的家人为你们家工作，埃尔西想。他们可能会在小事上争吵，但到了真正重要的事情上，约翰总是占上风，尽管曼迪普本应该是他最好的朋友。然而约翰却羞于承认这一点。这就是他没能说出来的原因。

"如果我没有像个混蛋一样，我们就不会碰到戈登，我们现在都到家了。"约翰说。他猛地站起身，激动地在房间里踱来

踱去。

"你真的认为你父亲能解决这个问题吗？"

"我不确定他有没有机会过来。我觉得索尔比不想让他出现。我敢跟你打赌，明天早上他会再找个借口糊弄我的。"

"但是为什么呢？"

约翰没有回答。他停止踱步，又坐到床上。"我要找出曼迪普被关在了哪里，然后等到晚上把他救出来。"

"我帮你。"埃尔西说。

"怎么帮？"

埃尔西想了想，最后说："我可以握着火把。"她又补充道："因为天黑。"尽管她知道自己没有说服他。他摇了摇头。

"没必要，"他带着坚定的神气说，"我已经想好怎么做了。"

第33章

这一天剩下的时间过得很慢。约翰去调查曼迪普的下落时，埃尔西蹑手蹑脚地穿过大厅来到公共休息室，希望能读点儿东西分散一下注意力。她朝门后张望，生怕在那里看到戈登先生，或者更糟的是，碰到索尔比本人。但是休息室里空无一人。

书架上的书不多，而且大多数看起来令人郁闷。埃尔西跳过了《各洲大狩猎》《猎猪图解指南》和《给业余爱好者的动物标本剥制术》，最后无奈地选择了《H. 费瑟林斯通·福勒比上校回忆录》第二卷。

从封面上的日期来看，这本书写于近百年前。埃尔西坐在沙发边上，随意翻开书读起来——

1858 年秋天，我回到了山脚下，期盼重新找到对老虎的熟悉感觉。狩猎第一天就打到一对，都是大块头。我用两颗子弹射中了那头大些的老虎的胸膛，转过身，又非常漂亮地射中了第二只的颈部。它一跃而起，翻滚了十几英尺，掉进了峡谷……

埃尔西抬起头，感受到壁炉上方墙上那头熊困惑的目光，便赶紧翻了页。

老虎总的来说是懦弱的野兽，尽管这只老虎被逼到了绝路。我扣动扳机，没打中！因为我喝了朗姆酒！然而，我非常冷静，第二次开枪，它像石头一样倒了下去。我认为，这是一项难得的好运动……

埃尔西不想再看了。她合上书，把它放回书架，厌恶地在牛仔裤上擦了擦手指。在外面的大厅里，她见到约翰从另一个方向走来，看上去十分得意。

"我知道他在哪里了！"他们一回到房间，他就说道。

"你怎么知道的？"

"我问了厨师。他早些时候给曼迪普送了些食物。他们把他关在外面的棚屋里，没有上锁，只是顶部和底部用螺栓闩上了。"

"你跟他说话了吗？"

"太冒险了。我只在门下塞了张纸条。告诉他，我今晚会尽快把他救出来。"

"干得好。"埃尔西说。

"这很容易，"约翰说，"小菜一碟。"

只剩他们俩在厨房吃晚饭。厨师给他们留了一道菜，约翰称之为"鸡蛋葱豆饭"。

"这是甘草味的吗？"埃尔西问道。

约翰咧嘴一笑，摇了摇头。

"这一定是他自己的秘方。"他说。

厨师告诉约翰，第二天还有三位客人要来，第三天会进行猎虎活动。

"那时我们早就走了，"约翰说，"曼迪普也是——"他没接着说。接着他问道："你在挖鼻孔吗？"

"没有！是因为痒！"

"每个人在被抓到挖鼻孔时都这么说。"

"我没有！"

"随便你怎么说。"约翰笑着说道。

睡衣整齐地叠好放在床上，以备约翰和埃尔西洗完澡后穿。埃尔西不知道睡衣是谁的，只知道那一定是比她大得多的人。在去浴室的路上，她绕糊涂了，本该右转却往左转，结果发现自己又来到了公共休息室。门后传来了说话声。

"您能抽出时间来，真是太好了。"是戈登先生在说话。

埃尔西想，他是想在其他客人到来之前，从索尔比那儿得到一些狩猎技巧。一时冲动，她弯下腰，透过钥匙孔偷偷往里看。她能看到戈登先生的脚和膝盖，他手里握着一杯威士忌，对面是索尔比那凹凸不平的脑袋侧面。

"我有一次去听了您的讲座，"戈登先生说，"您说老虎可以用人耳听不到的声音进行交流。我忘了那个词怎么说，应该是科学术语。"

"次声波。"索尔比说。

"就是这个，听起来很玄乎。如果听不到，你怎么知道有声音？"

索尔比咧开嘴角，露出一丝微笑。

"如果愿意的话，你可以称之为玄学，"戈登先生继续说，"但我称之为第六感。这是您成功的秘诀，我亲爱的朋友。这就是您是一个传奇人物的原因。"

真是个马屁精！埃尔西想。

就在这时，索尔比转过头，朝门口瞥了一眼。埃尔西还没来得及动弹，他就直直地盯着她，眼睛像从钥匙孔里钻了出来，好像他知道她在那儿似的。她猛地挺直身子，不敢出声，脸上火辣辣的。

也许戈登是对的。也许索尔比真的有第六感。

他们又开始说话，但埃尔西不敢再听了。她急忙跑开，将睡衣紧紧抱在胸口，向安全的浴室走去。

浴室很干净，尽管灯光昏暗，有一个铸铁浴缸，头顶上有水管。当她打开水龙头时，水管发出滋滋的声音。水滚烫地流了一两分钟，然后迅速变得越来越冷，但是埃尔西并不介意。在森林里跋涉了两天后能洗澡真是太好了。她从旁边的盘子里拿出龟裂的肥皂，使劲擦洗，直到浴缸里积满了污垢。

那时非常安静。甚至连水管都静了下来。埃尔西屈膝坐着，盯着老式的银色水龙头。但是，它们并不是真的过时了。因为未来的事还没有发生。

这不再是过去，而是现在。

埃尔西想起她对约翰说过，她的父母不会想念她，因为他们还没有出生。这在当时让她感到安慰，不过现在她突然有了一个令人不安的念头。

她的父母即使出生后也不会想念她。

如果她不回去，没人会想念她。父母不会，玛蒂尔达不会，甚至约翰爷爷也不会。他们永远不知道她会在哪里。《凯尔西·克尔维特的奇妙冒险》永远不会被写出来，而这是最不重要的。

这比在电影里当配角还糟糕，埃尔西想着，泪水刺痛了她的眼睛。她觉得自己就像是一个在电影上映前被剪掉镜头的临时演员。

水龙头上的一滴水啪的一声打破了平静的水面。埃尔西抬起头，擦了擦脸。哭是没有用的。现在，约翰随时都会敲门，问她在里面做什么。埃尔西从浴缸里爬出来，急忙把自己擦干。

她发现，睡衣太大的好处是，她不必担心下半身。大号的上衣本身就是一件完美的睡衣。埃尔西对这个简单的解决方案非常满意，她轻快地回到卧室，几乎觉得很高兴。

"终于出来了！"约翰说，"我完全不明白为什么女孩们要在浴室待这么久。"

"你才认识几个女孩呀？"埃尔西指出。

他花了和她一样长的时间，当他终于回来时，埃尔西强忍住不笑出来。他把睡衣拉得尽可能高，把多余的布料在腰间打结。她想，这让他看起来像一个潜望镜，睡衣打的结就是手柄。

已经很晚了。约翰走到窗前，放下百叶窗。他看了看手表。

"你打算什么时候把曼迪普救出来？"

"最好再等几个小时。"约翰说。他坐在床边，双手紧握，表情坚定。埃尔西躺下来，盯着天花板。两只长着斑点的棕色壁虎黏糊糊的脚爬过布满裂缝的表面，寻找着昆虫。在大楼的某个地方，一扇门关上了，脚步声从头顶传来，地板吱吱作响。

约翰伸手关掉了床头灯。他说："没有必要让人注意到我们。"

埃尔西不安地想知道壁虎在黑暗中做了什么。"我不喜欢这里，"她小声说，"这里让我浑身起鸡皮疙瘩。"

"别扫兴了。"

"你也不喜欢！"

"是的。"他承认道。

"我刚想起一件事，"埃尔西说，"你还记得吗，在吉普车上，戈登先生说被邀请参加这里的一次狩猎有多难吗？他说索尔比真的很挑剔，不是吗？"

"那又怎么了？"

"但索尔比告诉我们戈登先生是个差劲的猎人。这说不通啊。"

"我开始觉得，"约翰说，"这个地方有很多说不通的地方。"

第34章

埃尔西决定不睡觉，陪着约翰，但她一直在想壁虎是不是就在附近。如果她躲起来可能会更安全。于是她爬到床上，用被单蒙着头。不一会儿，她就睡着了。

三个小时后，她惊醒了。有人把灯打开了。埃尔西一下子坐了起来，在突然出现的强光中看向约翰。

"你已经出去过了吗？"她说。

"小声点儿！"

"曼迪普逃跑了吗？"

"你觉得呢？"约翰听起来很生气。

曼迪普此时也在房间里。他弯下腰，拉起地毯堵住门缝的光。

"你在干什么？"她问，"你为什么不逃跑？"

"他说他不想逃跑。"约翰重重地坐在床上，"我把他救了出来，但现在他不肯走了。"

"是的，"曼迪普说，"我不走。"

约翰绝望地摇了摇头。"但我已经把你救出来了！"他重复道。

埃尔西为他感到难过。无论约翰多么努力地去做一件令人惊叹的事情，都不会成功。

"你为什么不走？"她问曼迪普。

"因为阿加瓦尔先生告诉我了一些事情。"

"阿加瓦尔先生？"

曼迪普穿过房间，背靠墙坐在地板上。

"伙夫，"他解释说，"就是那个厨师。他给我端来一盘食物。他看起来不友好，但也不全是。他和我说他是新来的，两天前才到这里。另外，明天还有三位客人要来。加上戈登先生和索尔比，将有五个人参加这次狩猎。"

"我们已经知道了！"约翰说。

曼迪普点了点头。"我知道，但后来阿加瓦尔先生说，所有的客人每人都会射杀一只老虎。他被告知，事情一向如此。"

"听着，我知道这很糟糕，"约翰打断了他的话，"我知道你讨厌打猎，但你没办法阻止，曼迪普。你有大麻烦了，那个畜生戈登会找你麻烦。"他瞥了埃尔西一眼："索尔比说得很清楚了，是不是？"

她点点头说："他想把你交给当局。"

"现在你明白了吗？"约翰说。

曼迪普没在听。他皱着眉头盯着墙上的一个点。

"这地方有点儿不对劲。"他平静地说。

埃尔西身体往前倾。所以曼迪普也感觉到了。甚至在她看到索尔比房间里的东西之前，从她走进大楼的那一刻起，甚至更早的时候，在通往这里的黑绿色隧道里，她就已经感觉到了。

有什么不对劲。

"但具体是什么呢？"她说。

曼迪普看向约翰。"在你父亲的俱乐部里有一张照片，挂在大厅的墙上，离门口不远。我有一次看到它，当时——"他停了一下，又说道，"这是一张猎人和他们杀死的老虎的照片。你见过吗？"

"我不知道，"约翰说，"我不记得了，和这有什么关系吗？"

"老虎一只只堆在一起，就像一袋袋粮食，"曼迪普惊异地说道，"一只接一只，多得我都数不清。"

"那怎么了？"约翰说，"只是一张旧照片。"

"没错，它很旧了。大概在六七十年前，也许更久。那时候还有很多老虎。但是现在……"曼迪普耸耸肩。

"现在剩下的不多了，"埃尔西说，她突然明白了，"老虎被猎杀得太多了。"

这是她在那次野生动物中心之旅中学到的。人们过去常常认为，不管他们杀了多少动物，总会有更多的动物。

"我想我明白你的意思了，"约翰说，"你是说……"

"是的，"曼迪普说，"在附近的森林里，一个好的猎人和一队助猎者可能会发现一只老虎——如果幸运的话，两只。但即使走大运，他也不能同时找到四只。"

"听你这么一说，确实很奇怪。"约翰说。

"怎么可能？"埃尔西说。

"我不知道。"曼迪普承认道。

"这就是你不肯离开的原因。"约翰说。

"我想知道到底发生了什么。"曼迪普说。

约翰张开嘴，好像要继续争论下去。然后他闭上了嘴巴。

"好吧，"他终于说，"我之前没听你的话，所以落入了现在的处境。所以，如果你需要帮助，我愿意帮忙。"

"我也是。"埃尔西说。尽管那两个人似乎没有听到她的声音，他们已经在忙着策划了。

"你最好回棚屋去。"

"是的，不能让他们来找我。"

"我得把门闩上，你怎么——"

"有一扇小窗户，如果不锁它，我可以从那边出去。"

"天黑时四处看是没有意义的。"

"对，最好等到黎明……"

"我们也可以看看。"埃尔西插嘴道。

约翰点点头："她说得对。我们三个人一定会有所发现的。"

他们默默地看着对方，然后曼迪普站起身。埃尔西不想让他回到荒凉、孤独的棚屋里，但她知道这是有必要的。她躺在床上，兴奋地蜷缩着双腿，天花板上的壁虎完全被遗忘了。

第35章

它在日出前抓到了猎物。一头成年的泽鹿，鹿角有十几个分叉。老虎已经跟踪它有一段时间了。它腹部放低，头像蛇一样伸着前行，但身体似乎一点儿也没动，只是臀部微微颤动。它在池塘边停了下来，泽鹿站在水齐膝深的地方，离鹿群有些远。

老虎和猎物之间联系密切。它了解泽鹿，几乎同了解自己一样。泽鹿在芦苇丛中吃草的时候，狭长的脸微微倾斜，白色的眼睛警觉地转动着，下巴用力地咬合。老虎盯着它看时，甚至知道它在想什么。

在那致命的、容不得眨眼的一瞬间，它变成了那头泽鹿。

老虎的尾巴摇摆着，寻找完美的平衡。然后，它冲进水里，跳跃两下就跨过这段距离，享受着每次出击时的内心的确信与坚定；这是每个生物在施展与生俱来的本领时所能体验到的快乐。

泽鹿几乎没有意识到老虎的存在，直到它被老虎扑倒，老虎的前爪嵌入了泽鹿的肩背，另外几只爪子环抱住泽鹿，让它无法逃脱。老虎长长的犬齿寻找着鹿的气管，下颌紧紧绷着。

它保持这个姿势，感受着泽鹿四肢的每一次挣扎和抽搐，以一种平和的、近乎温柔的耐心等待着它停止呼吸。周围的森林变得明亮起来。然后它站起来，抖了抖身子，把它的猎物拖到隐蔽处。

它吃完一顿，休息之后又吃了一顿，终于在傍晚时分出发了，朝着它那残破宫殿所在的低矮山脊走去。它像以前一样小心翼翼地走着，不过并没有遇到什么值得警惕的事，只在一条较宽的小路上看到了两道纵横的车痕。老虎嗅了嗅，闻到了一股淡淡的、难闻的汽油和橡胶味。

然后，它在山上发现了一块空地，那里有建筑，到处都是人类的痕迹。老虎后退，绕道避开了那个地区。它走了将近一英里，来到了第二处较小的空

地和另一栋完全漆黑的房子。它听到声音后停了下来。

声音再次响起，叫声此起彼伏，听起来既熟悉又奇怪得可怕。老虎哀叫着，低着头沿着房子的墙根来回走动，鼻孔里充满了从墙后传来的恶臭的、绝望的气味。

它已经习惯了危险。面对危险需要做出即时反应。面对或逃离，视情况而定。但这次的威胁感觉不同。老虎完全不明白。似乎这种威胁不仅来自外部，也来自它内心深处。当身体所有的本能都催促它离开的时候，一种痛苦的魔力把它留在了那块尘土飞扬的空地上。

它俯下身子、贴近地面，脖子后面的毛发都竖了起来，然后爬进了附近的灌木丛，静静地趴着。

等待着。

第36章

这个计划在半夜可能很简单，但在白天明亮的光线下，埃尔西和约翰很快意识到事情将比他们想象的更复杂。

一个男孩把他们叫醒，手里拿着给他们洗净叠好的衣服和两杯茶，静静地放在床边后离开了。他们穿好衣服，在厨房吃过早饭后，约翰鼓起勇气去找索尔比。他还是希望索尔比能派一辆吉普车去接他父亲。

"至少值得一试。"他说。

"祝你好运。"埃尔西说着，为他感到不安。

他离开了近一个小时，当他回来的时候，脸色铁青。埃尔西回到卧室，绝望地盯着窗外。

"情况不妙。"约翰说，然后关上门，往床上一躺，"他让我等了很久，然后他说这不可能。今天早上还有三位客人要来，他抽不出人手开车。我就知道他会找借口，我就知道。"

他停顿了一下，想了想。"这还不是全部。他说我们不能出去，还对我说了一大堆关于一只恶犬的废话，说仆人们还没抓住和放倒它。很显然，它正在附近游荡。"

"一只恶犬？"

"自从我们到了这里，我连一条狗也没看见或听到过！你呢？"

她摇了摇头。

"这只是另一个借口。"约翰说。

"你去和索尔比谈话的时候，我试图出去走走，"埃尔西说，"我想四处看看，就像我们说的那样，但没走多远。"

她在厨房发现了一扇通向外面的门，试探性地打开了它，她的心脏怦怦直跳。天气很凉爽，长空一碧如洗，微风中带着燃烧的木头和煤油的气味。在树木稀疏的围墙外，她看到一条小路，短短几步后，便蜿蜒通向森林。

埃尔西漫不经心地朝小路走去。

她告诉自己，只是出去散散步。

她在一棵树旁停了下来，抬起头看了看，仿佛在研究树的枝叶。这棵树被一棵榕树蔓延的藤蔓包围住了。邪恶的卷须已经爬到树干的一半，把树根挤到一边，紧紧攀到附近的一块巨石上。埃尔西心神不宁地想，好像它们想把石头勒死似的。

有轻微的声音传来，她转过身。

那个带他们去索尔比房间的戴头巾的男人就站在不远处，直直地看着她。埃尔西不知道他从哪里冒出来的。

"你好。"她说，忐忑地笑了笑。

他没有回答，也许没有听见。

"我只是出去散散步。"她的声音稍微大了一些。

但他什么也没说。埃尔西又往前走了几步。她停了下来，脚在地上蹭来蹭去，然后回头看了看，发现他还站在那儿。

她想，他是在监视她，如果她再往前走，她确信他会跟上来。

"嗯，我想我该回去了。"她说，努力让自己的声音听起来轻松些。

他点了点头，示意她过去。埃尔西跟着他绕过大楼走到游廊。他打开前门，等她进去。

"谢谢。"埃尔西咕哝着，觉得自己很蠢。

很明显，索尔比不想让她或约翰独自探索这个地方。

"你觉得曼迪普有什么发现吗？"埃尔西问道。

"如果发现了什么的话，他会告诉我们的。"约翰说。

"但如果我们一直被监视着，他怎么告诉我们呢？"

她听到厨房铁皮屋顶上咔嗒咔嗒的声音。猴子们又来了，甚至比以前更多。

"阿加瓦尔先生正在喂猴子。"埃尔西说。

厨师站在厨房门口，用手臂夹着一大碗残羹剩饭。猴子们围在他的脚边，急切地用爪子拽他的裤腿。其中一只爬上他的肩膀，坐在那里，尾巴搭在阿加瓦尔先生的脖子上，用牙齿把一个橙子撕成碎片。

"我希望没有人开着窗户，"约翰说，"猴子可以在几分钟内让一个房间天翻地覆。"

但厨师似乎并不担心。他小心翼翼地分着剩饭，尽力让每只猴子都有一份，他一向暴躁的脸上因高兴而变得柔和起来。他喜欢这种被欣赏的感觉，埃尔西想。也许只有猴子才真正喜欢他那些怪味食物。

第37章

　　如果埃尔西和约翰不能出去四处察看，他们决定至少要从索尔比的客人那里尽可能地了解情况。

　　客人们在上午十点左右到达。埃尔西和约翰坐在公共休息室的一个角落里，下国际象棋打发时间。但是约翰要花很长时间才能走一步，埃尔西希望她从来没有建议过下象棋。

　　"该你了。"她第十次提醒他。

　　"我还在思考。"他把指尖放在一个棋子上，皱起眉头，又把手放了下来。

　　戈登先生坐在房间的另一边看书，身旁放着一杯威士忌。他啜饮一口，发出啧啧的声音，喝得胡子湿乎乎的。

　　车辆驶来的声音打破了寂静。戈登先生坐直了身体，一口气吞下了剩下的酒。

　　"看来其他人都到了，"他说，"你们是时候回避了。我们不想看到孩子们到处闲逛。"

埃尔西和约翰一动不动。他没有权力告诉他们该怎么做。

走廊里传来了说话声，仆人打开公共休息室的门，新来的几个人一起进来，一女两男，索尔比跟在后面。

他们在房间里四处转了转，握手致意。其中一名男子年纪较大，中等身材，他那大大的、突出的肚子，把狩猎服的接缝绷得紧紧的。这套衣服很新，还能看见新衣服的折痕。

"我叫诺特尔，"他用美国口音说，"W.诺特尔。"

"请问'W'代表什么？"那个女人问道。她很时髦，戴着顶水手帽，涂着红色的、黏糊糊的口红。

"代表 Wylie，通常缩写为'Wy'，"美国人说道，"懂吗？"

其他人看起来一头雾水。

"这是个文字游戏，"诺特尔说，"我叫怀·诺特尔，从不出尔反尔。这一直是我的座右铭。"[1]

"多么……巧妙啊。"女人沉默了一两秒钟后说，"我是马乔里，这是我的……"

她停顿了一下，声音不太稳："我丈夫查尔斯。"

他们围着壁炉坐了下来，还在忙着互相介绍。似乎没有人

---

[1] 此处为一个文字游戏，因为人名 Wy Nottle 和 Why Not-tle 的发音很像。

注意到埃尔西和约翰静静地坐在角落里。

"我想你们都是厉害的猎手，"戈登说，"我迫不及待地想出去了。"

"事实上，我来这里主要是为了研究。"诺特尔说。他吃力地挺直身子，从仆人的托盘上拿了一个三明治。"我拥有西海岸最大的主题公园，叫乐陶陶园地。也许你们听说过。"

"嗯，我们现在知道了。哈哈哈！"查尔斯说。

"比其他主题公园更快乐，"诺特尔说着，对马乔里眨了眨眼，"懂吧？"

戈登咳嗽了一声："研究？"

"我计划在公园里加一个新项目，比如游猎之类的。吉普车在树林和灌木丛中的路上穿行，和步枪靶场的想法一样，游客戴着头盔，向老虎射击，射中三次，下一次游猎就免费。"

"那你不是需要很多老虎吗？"查尔斯大胆地问道，"你知道，现在很难有稳定的老虎供应源。"

诺特尔咯咯地笑着，肚子上的肉一上一下。"我们不会使用真正的动物！听说过电动木偶技术吗？我的老虎将会是最大最好的，比真实的老虎更令人印象深刻……"

"好吧，我们是来这儿度蜜月的。"马乔里突然说，好像她决定是时候让自己成为大家关注的焦点了。她孩子气地朝查尔斯笑笑。"我们还是新婚，"她喘吁吁地说，"是吧，亲爱的？"

"上周才结婚，"查尔斯回答道，"哈哈哈！"

埃尔西不知道他为什么一直在笑。他觉得一切都很有趣吗？但还有一个更令人不安的问题。

怎么能把猎杀动物当成蜜月活动呢？

她瞥了一眼坐在稍远处的索尔比。他吸了一口烟，眼睛瞟向远处墙上的钟表。埃尔西觉得，他对新来的人感到厌烦。他在那里仅仅是因为他得有礼貌……

她的思绪被一声高兴的喊叫打断了。

"孩子们！"

马乔里终于发现了他们。她兴奋地双手合十："你没告诉我会有孩子！"

"真不知道他们为什么还在这儿，"戈登咕哝道，"他们现在本该回家了。"

"我喜欢孩子，"马乔里说道，"是不是，查尔斯？过来，让我们看看！哦，还有一个小女孩！"

她朝埃尔西做了个手势："来吧，别害羞！"

"马乔里又不会咬人，对吧，马乔里？哈哈！"

埃尔西尴尬地走了过去。

"小甜心，你叫什么名字？"马乔里问道，好像在和一个三岁的孩子说话。

走近了看，她就像一个小丑，口红都渗进了嘴周的细纹。

"你是来打猎的吗？"她问，"用你自己的小枪？你多大了，小东西？"

埃尔西心中闪过一丝愤怒，没有人这样对凯尔西·克尔维特说话。他们不敢。她抬起下巴，平静地看了马乔里一眼。

"十一岁半。"她说。

诺特尔发出一阵笑声："她可把你给骗到了！"

马乔里脸红了。她笑眯眯地盯着埃尔西。

"你这么大了，还玩换装游戏吗？"她盯着埃尔西的运动鞋，问道，"你是从哪里弄来这些奇怪的东西的？"

这是一个恶意的问题。但也很幸运，因为这让埃尔西尴尬地低下头来。如果她那个时候没有一直盯着地板，她就不会注意到附近的地板上有什么东西。如果别人看见了，他们可能会以为是一阵风把它从门缝里吹进来的。但埃尔西知道，这是有人故意的。

那是一根黄色的小羽毛。

第38章

曼迪普给他们传来了消息。他一定发现了什么。埃尔西瞥了约翰一眼，但他还在角落里，尽力地降低自己的存在感。

"喂，你从哪儿弄来的？"马乔里再次问道。大家都盯着埃尔西的运动鞋看。

"真奇怪，"诺特尔说，"脱下来，让我们看一看。"

埃尔西感到一阵恐慌。她摇了摇头。

"照我们说的做。"马乔里厉声说道。

"我不能……"

"为什么不能？"

"因为，"埃尔西慌张地说道，"因为……我想我要吐了。"

"哦！"马乔里喊道，猛地往后退，"别吐在这儿，离我远点儿，远点儿！"

"你吃了什么东西吗？"查尔斯询问道，"我的三明治尝起来有点儿奇怪，现在我想起来了。"

"我只是需要一些新鲜空气……"

"马上走，马上。"马乔里夸张地扇着风，"你说我们不会被传染吧，查尔斯？在我们的蜜月……"

埃尔西感激地朝门口冲去。她停下来，确定没有人跟着她后，匆匆穿过空无一人的门厅，来到游廊上。

"曼迪普？"

她沿着游廊走到尽头，向边缘望去。他站在下面，躲在墙的阴影里。

"我看见你的羽毛了。"埃尔西小声说。

"约翰在哪儿？"

"他在里面，很难在没人看见的情况下出来。你找到什么了吗？"

曼迪普点点头，眼睛睁得大大的。

"是什么？"

"我必须给你看看。你能过来吗？"

埃尔西犹豫了一下。但是周围一个人也没有。他们都在忙着招待客人。她跟着曼迪普绕到大楼的后面，来到空地另一边的小路上。

"我们要去哪里？"

曼迪普没有回答。他加快了脚步，即使从小路上转过弯，狩猎小屋也看不见了之后，他也没有放慢脚步。埃尔西注视着两边模糊的黑暗。

"很远，"曼迪普说，"有一英里，也许更远。"

埃尔西想再问一次他们要去哪里，但他脸上的神情是那么急切，让她感到有些害怕。他走得飞快，双臂紧绷。她得小跑着才能跟上他。

大约十五分钟后，他转向了一条更小的路，然后是另一条，路更窄、杂草更多。他们沿着小路走了一段时间，直到走到尽头。

"这是一条死胡同。"埃尔西说。

"我当时也是这么想的。但后来我听到了一些声音……"曼迪普弯下腰，拉开灌木丛围成的屏障。埃尔西看见一条小径穿过低矮的竹丛。这条小径被绞杀藤蔓缠绕的树干给挡住了去路，枝蔓像扭曲的蛇一般虬结缠绕。

"枝干杵在那儿是为了防止有人通过。"曼迪普说。

他们艰难地爬了过去，就连埃尔西过去的时候也不得不蹲下。他们沿着小路走，穿过了灌木丛。似乎过了很长时间，前方的天空渐渐亮了起来，一块被车辙磨得光滑的空地出现在眼前。

一座又长又矮、没有窗户、瓦楞铁皮屋顶的建筑矗立在空地中间，一个声音从里面传来。

声音不高，但传得很远。一声急促的呼吸，然后是一声长吟。这声音太奇怪、太狂野了，以至于埃尔西的头脑似乎一下子僵住了。声音又传出来，神秘而凄凉。

"那是什么声音？"

曼迪普看着她，表情悲伤。

"老虎。"他说。

房子远处的一端有扇门。曼迪普抬起木门闩，把门拉开。埃尔西往里面看了看，她的双腿打颤，她闻到了一股刺鼻的恶臭。

室内几乎一片漆黑，只有几缕光从屋顶上锈迹斑斑的洞里斜射进来。她眨了眨眼，试图让眼睛适应黑暗，她看见洒进来的光线熠熠生辉，仿佛点燃了黑暗。铁围栏的形状慢慢浮现出来，混凝土地板上有一条又湿又暗的凹槽。

她听到一声咆哮，声音深入骨髓。

很多笼子在房间的两侧排列着。

埃尔西倒吸一口气，后退了一步。但曼迪普握住了她的胳膊，推着她向前走。里面的恶臭和麝香味要强烈得多，尽管她几乎没有注意到。她把注意力集中在铁栏后面那些模糊的身影上。她能感觉到它们，在她刺痛的皮肤、急促的呼吸和咚咚作响的心跳中。

是老虎，有四只。

"我……不明白。"

曼迪普脸上焦急的神情已然消失不见。他突然变小了，像个孩子一样无助，手抓着夹克衫的前襟，眼睛在昏暗的灯光下闪闪发光。

看到这件事他很痛心，埃尔西想。心痛到几乎令他哭泣。

"怎么回事？"她低声说。

"它们是给索尔比打猎用的，"曼迪普说，"我敢肯定。"

埃尔西点点头。这是唯一合理的解释。

戈登先生说索尔比是一位传奇的猎人。但即使是索尔比也找不到原本就不在那里的动物。他能为每一位客人提供一只老虎的唯一方法是先抓住老虎。他一定是千里迢迢地去诱捕它们。这就是他不经常狩猎的原因。他需要时间才能找到足够的猎物。

他也需要时间去找客人，那些能够支付得起高昂费用的有钱人。就像戈登先生这样的，他们不擅长打猎，也很无知，不知道自己什么时候就被骗了。

索尔比一定发了财。

埃尔西忽然感觉到屋里闷热无比。一股恶臭从中央的排水沟里冒出来，排水沟里面夼满了冲洗地板的废水和从潮湿的笼子里流出来的水。

曼迪普向房间中心走去，透过铁栏依次打量着每一只老虎。埃尔西迟疑地跟在后面，与笼子保持着安全距离。但老虎们似乎没有注意到他们。有两只侧身躺着，一动不动，只有尾巴偶尔抽动一下。另一只站着，喘着粗气，脑袋耷拉着，咧着嘴，做出一副奇怪又呆滞的表情。第四只漫无目的地来回踱步，每走几步到达笼子的另一侧时，就转过身来。它停了一会儿，黄褐色的皮上泛起阵阵战栗，然后晃了晃脑袋，又开始踱步。

"为什么……它们是这样的？"她问曼迪普，"它们怎么

了?"

"我想它们被下药了。"

"你确定吗?"

"它们可能就是这样被抓住的。这些老虎现在正处于麻醉状态,这会让它们安静下来,更容易控制。"

"而且更容易射击。"埃尔西指出。索尔比明天会把老虎放出去,她想。它们被注射了太多麻药,走不了多远。即使是最差劲的猎人也能找到完美的射击点。

她突然灵机一闪,转向曼迪普。"听着,那些客人们看起来很讨厌。其中两人正在度蜜月。"埃尔西一脸厌恶,"但我觉得,如果他们知道这场狩猎是被操纵的,他们不会高兴的。我是说,他们想猎虎,但不是这种猎法。他们不想让自己看起来像个傻瓜。"

曼迪普什么也没说。他正忙着检查其中一个笼子的门,眉头紧蹙,全神贯注。

"如果他们知道发生了什么,我打赌他们一定会对索尔比生气,"埃尔西紧接着说,"如果他们要求退款,让他取消整场活动,我一点儿也不奇怪。我们必须回去告诉他们真相。"

曼迪普看着她,摇了摇头。

"不。我们要做的是放了这些老虎。"

他一开口，埃尔西就知道他说得对。客人们可能会生气，取消狩猎，愤怒地回家，但这只会是因为他们觉得被骗了，不是因为他们关心老虎的遭遇。而老虎才是最重要的。

她点了点头，看到曼迪普的眼睛里流露出宽慰的神情。

"但我们不能……直接让它们走，"她说着，紧张地瞥了老虎一眼，"我是说，如果它们……"

曼迪普转身走向笼子。"我不知道怎么打开门。你说得对，我们需要跟老虎保持安全的距离。"

"这些看起来像电锁，"埃尔西盯着每个笼子上的金属盒说道，"看到这里了吗？我打赌这个小按钮在锁启动时会亮起来。"她小跑回到门口，在门两边的墙上搜寻着。"这里没有开关，但肯定在什么地方。也许要回狩猎小屋去找。"

她伸手从门边的架子上取下两件东西，然后转身给曼迪普看了看。"这些可能会有用，"她说着，心里很高兴，"我还不知道已经有人发明了对讲机呢！"

第39章

回来的路上他们很安静。曼迪普不想回到棚屋。他宁愿躲在附近。

"如果他们来找你呢?"埃尔西问道。

"值得冒险一试。如果我待在一个地方,他们就很难找到我。"

他们离狩猎小屋大约半英里远时,埃尔西看到主道上分出一条岔路,尽头是一小段石阶。

"那上面是什么?"

阶梯因年代久远而潮湿不平。她必须小心翼翼地走路,直到到达最顶部。然后她惊讶地停了下来。

她站在一片树林环绕的空地边缘。在远处,深绿色的水池上方,一座巨大的雕像伸展开来。它躺着,好像睡着了,单膝抬高,头枕在石枕上,平静的脸倾向一侧。岁月使它饱经风霜,在毛茸茸的苔藓和黄色地衣下,它的轮廓变得模糊不清。

很多地方已被风化侵蚀。然而，这似乎只加深了它那古老面容的沉静和安详。仿佛它一直躺在那儿做梦，直到自己变成了梦本身。

曼迪普双手合十，微微低下头。

"毗湿奴，"他说，"是幸福和保护之神。"

林间空地一片寂静。埃尔西听到了昆虫的嗡嗡声，水顺着石头滴落，打破了沉寂的水面。

"这地方一定很古老。"她低声说。

"有几百年了。"曼迪普附和道。

他们走到池边，默默地凝视着神殿。然后他们转过身去看风景。神殿建在山坡的边缘，山下的土地一直延伸到远处的一座平顶山。

微风习习，风中弥漫着罗勒、蜂蜜和温暖干草的香味。埃尔西可以看到整个森林在她脚下延展开。在地面上，有处看起来很古怪的地方，到处是潜伏的障碍和变幻奇特的地形。那里和这上面不一样。她能看出所有的东西是如何结合在一起的。树林和交缠的灌木丛，阳光普照的草地，波光粼粼的溪流……每一处都好像是被精心设计过的一样。

"一切都被设计好了。"她诧异地说道。

"就像花园一样，"曼迪普说，"这么说，你也看到了。"

"是的。"她对他微笑着说。

太阳不再直射头顶。这会儿刚过正午，埃尔西突然意识到她离开狩猎小屋太久了。肯定有一个多小时了。

"我得回去了，"她担心地说，"如果他们在找我呢？"

毗湿奴雕像后面的岩石斜坡上有一个洞穴，不过非常狭窄，曼迪普不得不缩手缩脚地才能爬进去。但这里是一个很好的藏身之地。

"你确定会没事吗？"

"这里要比棚屋好。"曼迪普在黑暗中说。

埃尔西把包递给他，有些担心，犹豫了一会儿，然后匆匆走下石阶，回到了小路上。

第40章

当她走近小屋时，戈登先生正站在游廊上。躲开是没有用的，他已经看见她了。他把胳膊肘靠在栏杆上，脸上露出厌烦的表情。

"你干什么去了？"他弓着身子问。

埃尔西准备了一个故事来解释她的缺席，尽管她知道按照故事的走向，并不是非常好。

"因为身体不舒服，我就出去了，然后一只猴子偷走了我的围巾，"她急忙说，"我追它，但它跑了，跑到灌木丛里去了。"她补充道。

"你之前没有戴围巾。"他冷淡地说，好像他不是特别好奇，只是想戳穿她的谎言。

"它原本在我的口袋里，"埃尔西说，"只露了一点儿在外面。"她的声音渐渐变小了。

他盯着她看。

"那是一条红围巾，"埃尔西说，"我想这就是猴子想要它的原因，你知道，因为它是红色的。"

她等着他说他一个字都不相信。但他只是耸耸肩，显然失去了兴趣。

埃尔西犹豫了一下。如果她和曼迪普是对的，索尔比打算隔着安全距离把笼子里的老虎放出去的话，那么他一定打算让它们一只一只地离开。他肯定不希望客人们一下子就碰到它们。但她还是不明白索尔比是怎么知道每只老虎会朝哪个方向走的。

"你明天怎么找老虎？"她问戈登先生，"它们很难捕获吗？"

听到这个问题，他脸上露出了笑容："索尔比对它们的习性了如指掌。我听说他可以带我们直接去找它们。"

"那么，你就这么一直走着，直到找到一只老虎吗？"

"比这要复杂一点儿，"戈登先生盛气凌人地笑道，"我们要先坐上吉普车，找个合适的地方下车。然后带着枪徒步出发。我们前面会有四五个助猎者，他们用棍子敲打着把老虎赶出来。"

"为什么助猎者没有枪呢？"埃尔西问道，"如果老虎攻击他们怎么办？"

"哦，你不必担心这个，"戈登先生说，又笑了一声，"那些家伙爬树的速度快得让人惊讶。"

埃尔西瞪着他。她想，他是她一生中遇到的最讨厌的人，除了索尔比。

她一句话也没说就转身走进了小屋。

约翰已经不在公共休息室了，但是其他人都还在那里。她打开门时，索尔比猛地抬头看了她一眼。

"感觉好点儿了吗？"

埃尔西点点头，"我不舒服了好久，"她结结巴巴地说，"我就坐在外面。"

"离小屋很近，"她补充道，"只是坐着。"

索尔比心烦意乱，没有过多关注埃尔西。诺特尔在香烟缭绕的烟雾中走了过来。

他说："我想把我公园里的新成员称为'老虎保守党'，多好的名字，你不觉得吗？这是个文字游戏，你们知道……"

埃尔西默默地关上门，急忙穿过走廊回到卧室，去找约翰。

第41章

埃尔西很难把发生的一切都告诉约翰，因为他不愿保持冷静。他像关在笼子里的老虎一样不停地踱步，尽管优雅的气度要少了许多。他的双手插进皱巴巴的短裤口袋里，每隔几秒钟，他就惊叹一声，打断埃尔西的话。

"坏蛋！缺德！你说有多少个笼子？有标记吗？"

"我想告诉你，"埃尔西说，"你这样走来走去，我没法好好思考。"

那里有六个笼子，每个笼子门上都标有数字，有四只成年老虎和一只小雌虎。曼迪普说它还没有完全长大，可能还不到一岁。

"曼迪普一眼就看出它们被下药了，"埃尔西告诉约翰，"它们表现得和平时不一样。"

约翰停下来。他看着埃尔西。

"我说，你是不是知道我在想什么？"

"我怎么知道你在想什么？"

"那只老虎。"约翰说，"我差点儿开枪射到的那只。它的表现也不正常。"

埃尔西想起了她在空地上看到的那只老虎。它的身体一动不动，脖子低着，好像被自己的脑袋压垮了。

"你觉得它也被下药了吗？"

"也许……"约翰停顿了一下，点了点头，"是的，索尔比可能已经给它注射了麻药，但是在他抓到老虎前，老虎就逃走了。一定是最近发生的事，因为药效还没有消失。"

他抬起头来。"如果你没有拦住我，我就射中它了，在那个范围内，我是不可能打偏的。我还以为那是个食人兽。这让你吃了不少苦头。我想为此说声抱歉，人错了就应该承认错误。"他补充道，一本正经地伸出手来。

"没关系。"埃尔西轻声说，握了握他的手。

他们面对面坐在床上，有些尴尬。

"那现在怎么办？"约翰说，"我们需要制定一个计划。"

埃尔西喜欢他说"我们"的方式。

"一定有办法打开那些笼子，"她说，"我觉得锁是电动的，但我没有看到任何电线，甚至连一个指示灯开关都没有。"

约翰沉默了一会儿，思考着。

"无线电波！"他喊道。

"无线电波怎么了？"

"我父亲告诉我，在战争期间，他们有一种设备，可以使用无线电波引导导弹和坦克在安全距离内攻击敌人。也许索尔比有类似的东西可以打开锁。"

"就像车库门上的遥控器……"

"什么？"

"没什么。"埃尔西说。

"你看到天线了吗？"

"是的，我想起来了。"埃尔西说。它看起来像一个老式的电视天线，从屋顶上伸出来。

"那就是了！我们得找到一种使用无线电波的设备，可能看起来有点儿像收音机。"

埃尔西从牛仔裤的腰带上拿出对讲机。

"曼迪普有另一个。这样等我们弄清楚如何打开笼子时，我们就可以告诉他。只是我不确定它能不能用……"

"你弄错了，"约翰说，试图抓住对讲机，"你打开开关了吗？"

"是的，我打开了！"埃尔西摆弄着按钮说。

"你不应该转动那个刻度盘。"

"为什么？它有什么用？"

"我怎么知道？"约翰说，"你想说话的时候就按这里。在这边……"

"我知道这个。"埃尔西按住按钮低声说，"喂？你在吗？"

"你应该说：呼叫，完毕，"约翰说着，终于拿到了对讲机，"呼叫，完毕。请回答，曼迪普，完毕。"

埃尔西想，他不必如此自以为是。毕竟是她找到了对讲机。

"我是约翰，完毕。"

对讲机噼啪作响，她听到了曼迪普的声音，听起来好像来自很远的地方。

"你能听到……我在……去解锁吗？"

约翰说："说话的时候，把按钮按住，完毕。"

"为什么？"曼迪普说。

"算了，"约翰说，恼怒地叹了口气，"听着，待在洞里别动。我们一有发现就通知你。"

"你必须快点儿。"曼迪普说，突然传来一阵静电干扰声，

"祝你好运。"

"也祝你好运，"约翰说，"完毕。"

"我希望他离开棚屋不是个错误。"约翰告诉埃尔西。

"他们会以为他回家了，不是吗？"

"可能吧。但如果索尔比有任何怀疑，他肯定会派人看守那栋房子的。"约翰说，"我想如果他有更多人手为他工作，他早就这么做了。他一定付给了员工很多钱，让他们守口如瓶，然后替他干脏活。"

"你觉得阿加瓦尔先生知道老虎的事吗？"埃尔西问道。

"肯定知道。"

埃尔西想起厨师那天早上喂猴子时的神情。也许他确实知道发生了什么，但她不敢相信他对此感到高兴。

第42章

虽然埃尔西已经告诉了约翰空地上的那栋房子、老虎，以及曼迪普如何找到了藏身之处，但她还是遗漏了一些事情。这太难解释了，而且既然约翰不相信她来自未来，所以尝试解释也没什么意义。

这件事发生在她和曼迪普回来的路上，当时他们还没发现神殿。

"曼迪普，"埃尔西趁自己还没改变主意，匆忙问道，"你知道一种名为'时间之花'的植物吗？"

自从遇见他以来，她就一直想问这个问题，但一直没找到合适的时机。现在仍然不是合适的时候，但埃尔西不确定她是否还有机会。

曼迪普惊讶地瞥了她一眼："你从哪里听说的？"

"我……读到过，在一本书里。"

他默不作声，埃尔西接着说："书中说它有某种……我不知道怎么说，某种力量。反正人们相信是这样。"

"我祖父也这么认为，"曼迪普说，"但他年事已高，病得很厉害。"

"他怎么说的？"

"他看到那朵花的时候，在离家很远的地方迷路了。他说是在五年前。"曼迪普的声音因悲伤而变得柔和，"然后他说那是在他年轻的时候发生的。所以，你看，他完全糊涂了。"

"他看到后发生了什么？"

"他告诉我，那是他见过的最美丽的花，它的香味无与伦比。在他找到这朵花之后，我们生活中所有糟糕的事情都得到了改善，我们家的麻烦也得到了解决。那个时候，我知道他一定烧糊涂了。"

"为什么？"

曼迪普笑了："我们家从来没有遇到过麻烦。我们健康快乐，我的父母有很好的工作和很多朋友。我们很幸运。"

埃尔西屏住呼吸。曼迪普的祖父回到了过去。一定是这样。他以某种方式改变了他家族的过去，改变了他们未来的命运。她可能是世界上唯一知道真相的人。

"他还说了什么吗？"她问道，努力掩饰声音里的急切，

"比如，这朵花到底是如何发挥作用的？持续了多长时间？诸如此类的事情。"

"没有，但他有一颗种子。他临死前把它给了我。"

你就是这样得到的！埃尔西差点儿说出口。

曼迪普拍了拍身侧："它在我的秘密口袋里，和其他珍宝放在一起。"

"你把它放在夹克里了？"埃尔西突然双脚不稳，踉跄了一下。

她想，如果她开口，他会给她看的。他会毫无疑问地交出来。她可以走远一点儿，然后把它扔掉，好像是不经意丢在了灌木丛的某个地方，这样他就再也找不到它了。这很容易。然后——

然后，当约翰离开印度时，曼迪普就不会把种子作为离别礼物送给约翰了。约翰永远不会种植它，也不会把它保存多年，直到它开花。

它不会在那个遥远未来的早晨，等着她在黎明醒来时发现温室的门半开着。相反，只有蕨类植物和蔓生茉莉会出现在那个无比普通的日子的朦胧晨光里。

她所要做的就是从曼迪普那里拿走种子，然后她就能回去，和约翰爷爷一起吃早餐，吃培根，没有任何危险。

她不会从这里消失。她甚至压根儿就不会在这里。

"你没事吧？"曼迪普停下脚步，困惑地看了她一眼。

但那样的话——

之后约翰会射杀老虎。他和曼迪普都不会见到戈登先生，也不会去狩猎小屋，也不会发现索尔比在铁皮屋顶的房子里放了什么。狩猎将一如既往地进行。

"怎么了？"曼迪普问，"你不舒服吗？"

埃尔西闭上眼睛，看到老虎一只接一只地走出来，在阳光下昏昏欲睡。猎人们准备好了。马乔里的红唇因期待而张开，戈登先生的眼镜闪闪发光，诺特尔的肚子因兴奋而起伏……

她急促地吸了一口气。

"我很好，"她对曼迪普说，努力挤出微笑，"没什么事。"

他的脸色缓和了："我们得快点儿。"

埃尔西点点头，他们继续往前走，但她觉得自己双腿沉重。她忍不住想，她刚刚可能失去了一次回家的机会。很难再看到这样好的机会。

　　然后她又想到，的确，这与其说是光明的一面，不如说是一点微光，但这足以使她稍稍抬起脚步。曼迪普的祖父和她一样回到了过去，但他做的远不止这些。

　　他最后还成功回到了原来的世界。

第43章

　　决定搜查小屋是一回事，实际行动又是另一回事了。埃尔西和约翰都不清楚他们到底在找什么，这意味着这个东西可能在任何地方。此外，小屋里挤满了人。客人们还在公共休息室里。每当仆人们打开公共休息室的门，再送上一盘食物和饮料时，埃尔西都能听到说话声和阵阵笑声。

　　"他们怎么就说个不停？"约翰说，"难道他们没有什么别的事可做吗？"

　　埃尔西和约翰坐在卧室里等着。将近三点钟，他们才听到走廊里有走动的声音。客人们终于出来了。

　　"做点儿运动对我有好处。"他们听到诺特尔说。

　　"很远吗，索尔比先生？"马乔里问，她的声音盖过了大家的说话声，"可怜的查尔斯有一条腿不太好……"

　　"你知道，这让我不用参战。真是一个耻辱。哈哈哈！"

　　"查尔斯非常失望……"

埃尔西和约翰面面相觑，简直不敢相信他们的运气这么好。听这话，所有的客人都决定马上离开小屋。

"快走，"约翰说，"我们的机会来了。"

他们发现客人们正在大厅里闲逛，马乔里在补涂口红，查尔斯在前门试用手杖。

"你们要去哪里？"埃尔西问道。马乔里瞥了她一眼，然后把目光移开。

诺特尔说："我们要去看一件古老的文物。"

"文物？"埃尔西说，她突然有一种不祥的预感，声音不禁发颤。

"毗湿奴的神殿，"诺特尔说，"显然，在离这里不远的地方，仆人会给我们带路。"

埃尔西急切地看着约翰。他们得警告曼迪普。但对讲机还在他们的房间。

"待在这儿。"约翰用唇语说道。

埃尔西点点头。他慢慢地向门口走去，尽量装出漫不经心的样子，然后消失了。

"我应该换一顶帽子，"马乔里大惊小怪地说，"亲爱的查尔斯，你能帮我从房间里拿另一顶帽子吗？"

"你的太阳帽？"

"不，那是明天的。那个卡其色的，大帽檐的……"

"好吧。"

他们在等待的时候，埃尔西不停地换脚站着。三四分钟过去了。她想，如果约翰设法接通了曼迪普的对讲机，他现在肯定已经回来告诉她了。他一定还在努力。

"快点儿，查尔斯。"马乔里喊道。

如果静电干扰过多怎么办？或者曼迪普不在他的对讲机附近怎么办？查尔斯已经带着马乔里的帽子回来了。不到一分钟，客人就要出门了，到时候可能就太晚了。

"我想去看看神殿！"她惊慌失措地脱口而出，"我也能去吗？"

诺特尔友好地耸了耸肩。"当然可以。"

埃尔西想，也许她能走在他们前面。如果她现在就走，一路狂奔，她就有足够的时间到曼迪普那里。但是仆人站在门口，脸上一副警惕的表情。

埃尔西别无选择。她必须和这群人待在一起。

他们终于出发了，步子悠闲，但埃尔西因为恐惧和犹豫几乎跳了起来。仆人走在前面，领着他们沿着小路走下去。

如果她试图超过他，会不会显得可疑？他会猜到她以前去过神殿吗？

"你到底怎么了？"马乔里说，"我希望你不会再想吐了。"

"她裤子里有蚂蚁，"查尔斯说，"几年前我也是这样，我坐下来休息了一会儿，那些讨厌的小东西就爬到我身上了。"

在他们身后，戈登懒洋洋地用手杖抽打着灌木丛。

"这就是应该坚持做主题公园的原因，"诺特尔告诉查尔斯，"乐陶陶园地里没有蚂蚁，一只也没有。"

他们快走到神殿前的拐弯处了，埃尔西感到浑身冒汗。约翰现在可能已经用对讲机联系上了曼迪普，但她也不能确定。曼迪普可能仍然什么都不知道，可能坐在外面，就在眼前……

"我想知道这座神殿是什么样子的，"她大声地说，"我等不及要看了！"

"你不必大喊大叫，"马乔里说，"我没聋。"

"我打赌它很好看，"埃尔西说，声音更大了，"我真的太激动了。"

仆人已经到了拐弯处。他停下来，示意他们往前走。

"我想我们到了！"埃尔西尖叫着，冲在其他人前面，"哦，看这些台阶！"

"你疯了吗？"马乔里的声音因愤怒而紧绷。

"小心点儿，"埃尔西吼道，"有点儿滑！"

她爬到山顶，眼睛快速地环顾着林间空地。空无一人。

曼迪普及时进了山洞。

埃尔西坐在池边，如释重负。

"所以，这就是著名的神殿。"戈登说。

客人们站了一会儿，欣赏着这宁静的景色。

"我还以为不止这个呢，"马乔里最后说，"结果只有那尊老雕像。"

"真是失望。"查尔斯附和道。

只有诺特尔似乎对此印象深刻。"这里有些令人敬畏，"他说着，仔细地看着这个石像，"不过这需要好好修缮一下。我不明白为什么这东西周围没有围栏。这样你就可以收取入场费了……"他直起身子，"听我说，我要放一个这样的雕像在我的公园里！做一个玻璃纤维的复制品，让这尊雕像的面貌焕然一新。"

"我们也会修建水池，"他越来越兴奋地继续说，"游客可以往里面扔硬币……就叫它'丕是奴'！我们就这么叫它。'丕是奴，不是奴'，怎么样，懂我的意思吗？"[1]

"太好了，"查尔斯说道，"哈哈哈！"

埃尔西看向别处，丝毫不理会他们的愚蠢。他们谈话的时间越长，约翰就有更多的时间在小屋里搜寻。

"快看！我刚刚发现了一个东西。"是戈登的声音。埃尔西转过身来，看看他指的是什么。"看到那个洞了吗？"

"那怎么了？"诺特尔说。

戈登说："这正是熊可能藏匿幼崽的地方。或者老虎，来吧，我要去看看。"

"哦，一定要小心。"马乔里叫道，赞赏地看了他一眼。

埃尔西无话可说，无计可施。戈登正沿着山坡向山洞走去。他到那里了，小心地往里面看了看。

"什么都看不见。"

埃尔西的手紧握着。山洞并不深，曼迪普几乎贴到了远处的墙上。

"用你的手杖！"诺特尔喊道。

"好主意。"

---

[1] 此处为一个文字游戏，雕像的名字Wishnoo和毗湿奴Vishnu发音相近，Wishnoo又被分为Wish-noo两部分。

"不要，"埃尔西小声说，"不要，不要，不要。"

没用的，戈登已经把手杖伸进去了。她能听到他的手杖敲击洞壁的声音。他往里面探了探，脸部因用力变得扭曲。

"有什么吗？"马乔里的声音很尖锐。

戈登收回手杖。"没什么，"他厌恶地说，"干干净净。"

埃尔西松了口气。曼迪普一定猜到他们会往山洞里瞧一瞧。

他比他们聪明多了。

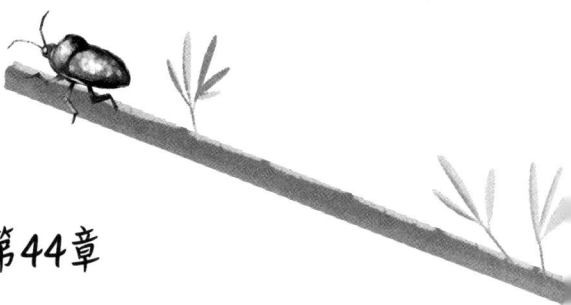

第44章

　　他们回来时，约翰正从小屋出来。客人们晚饭前进屋休息，约翰和埃尔西在游廊上找到了一个可以聊天的角落。

　　"你为什么要跟去呢？"约翰问道，"我们应该一起搜查小屋的。"

　　"我不确定你是否联系上了曼迪普。"

　　"当然可以！怎么会联系不上呢？"

　　"我不知道，"埃尔西承认道，"我想我是吓坏了。"

　　约翰同情地摇摇头。"就像你从那只猪身边跑开一样，尽管那根本不是一头猪，更像一只小猪崽。"

　　"那不是我的错——"

　　埃尔西闭上了嘴巴。他们没有时间再吵一架。

　　"那么，你找到什么了吗？"

　　约翰摇了摇头："我到处都找遍了，嗯，几乎是每个地方。"

　　他找遍了公共休息室和大厅，还有楼下的大部分地方，除了厨房，因为阿加瓦尔先生正忙着准备晚餐。

"不管怎样，我觉得他们不会把东西放在那里，"埃尔西说，"那小屋外面的房子呢？"

"大部分是仆人的住处，除了关曼迪普的棚屋和放发电机的屋子。"

"那索尔比的房间呢？"这是显而易见的地方。埃尔西很惊讶约翰没有先去看那里。

"他一直都在里面，一次也没出来。"

"我打赌东西就在那儿，"埃尔西说，"我们之前没有注意到，因为其他东西——"

她突然停住。索尔比突然出现了，好像知道他们在谈论他似的，腋下夹着一份报纸。他看了他们一眼，然后在游廊的另一头坐了下来。埃尔西和约翰目不转睛地盯着前方。一只鸟从树林深处发出啭鸣。索尔比摊开报纸，他们听到他翻开第一页发出的沙沙声。

约翰用眼角瞟了一眼埃尔西。

轮到你了，他无声地说道。

埃尔西在座位上缩得更低了。但他说得对，轮到她了。

那仆人呢？她也只用嘴型说话。

约翰做了个鬼脸，暗示她小心点儿就行。

大厅里空无一人。埃尔西匆匆穿过大厅，在楼梯口停了下来，环顾四周，确认周围没有人。她的心怦怦跳得厉害，让她觉得要吐了。

我是凯尔西·克尔维特，她一边爬楼梯一边告诉自己。我是凯尔西·克尔维特。

凯尔西·克尔维特之所以不怕任何人，是因为她是格斗艺术的专家……

楼梯平台上一个人也没有，不过有一间客房的门半开着，埃尔西能听到马乔里抱怨的声音。

"太热了……真受不了……"

然后门关上了，她的声音听不见了。

埃尔西向远处索尔比的房间冲去，紧贴着墙壁，远离地板中间空旷区域的木栏杆。如果楼下的餐厅里有人，她可不想让他们抬头就看到她。

索尔比的门半开着。至少她不必转动手柄，埃尔西想。这样溜进敞开的门会减轻她的负罪感，但多少还是有些内疚。埃尔西溜进房间时，由于害怕和内疚，差点儿要晕过去了。

她应该把门关上，还是保持原样？她不知道。她的脑子一片空白。

她没有时间解决这个问题，因为时间紧迫。她向前走了几步，环顾四周。

这个房间似乎比以前更古怪了。埃尔西不知道她怎么会把里面的东西误认为是普通的小摆设和家具。这些物品制作得如此巧妙，抛光镀金，镶嵌宝石和金属，工艺精湛。然而，这只会让它们看起来更加可怕。

她觉得，它们越精致，看起来就越丑陋。

有什么东西轻轻地响了起来，她僵住了。然而，那只是灯顶上的水晶珠在颤动。晃动的珠子捕捉到太阳的光影，光点在灯罩上闪烁。灯罩由一种薄薄的、几乎透明的东西制成，排列有线条，就像穿过布料的线一样。但那不是布料。埃尔西不知道那是什么，她也不想知道。她移开目光，眼睛扫过墙壁。

墙上有一张男子持枪的照片，一面用蛇皮镶框的镜子，蛇头还挂在上面，玻璃后面有着成排的蝴蝶，还有一个巨大的龟壳……

埃尔西皱着眉头，努力集中注意力。她应该寻找能打开笼子锁的东西。约翰说那可能看起来像台收音机。老式收音机很大，如果在这儿，她肯定会看到的。

她穿过房间走到书桌前。桌腿是动物爪形的，那是真正的爪子，而非木头雕刻而成。桌上有盒子，有甲虫和蜥蜴做的镇纸，玻璃杯里还盘绕着一条细长的小蛇，有鹰爪做的笔筒，蜥蜴皮装订的书，一只镀金的犀牛角，还有三只颜色鲜艳的小鸟一动不动地栖在圆顶下的树枝上。但是没有收音机。

然后她看见了。在书桌后面，靠窗的桌子上，一块白流苏布覆盖在一个笨重的方形物体上。

甚至在掀开布角之前，埃尔西就知道会在下面发现什么。她一眼就证实了这一点。这不仅仅是因为它看起来像一台收音机，还因为它看起来也太不像一台收音机了。太多的按钮、表盘和拖线，外观非常粗糙。就好像它是由一个并不在意其外观的人用其他东西的部件组装而成的。

开关旁边有数字，但是埃尔西来不及细细察看。她所能想到的就是马上离开那里，告诉约翰。她放下布，绕开书桌朝门口跑去。

即使在最好的情况下，埃尔西的腿脚也不灵活。她走到房间一半的时候，脚趾被铺在地板上的一张动物皮的卷边给勾住了。她身体前倾，想要稳住身子，结果砰的一声摔倒在象牙椅的底座上。

　　她的手腕很疼，在摔倒的时候扭到了。埃尔西直起身，焦急地揉着。她正要爬起来，突然听到了什么。与其说是声音，不如说是一种感觉。她有一种强烈的感觉，房间里还有别人。

　　"你在这里干什么？"索尔比问道。

第45章

他悄无声息地走了进来，一动不动地站在那里，不知道到底待了多久。他目不转睛地盯着埃尔西，指间还夹着一根未点燃的香烟。

埃尔西吓得浑身一颤。

"我只是……只是……看看这把椅子。"

"这样么，"索尔比问道，"你对它感兴趣？"

"是的。"埃尔西说，她绝望地抓住了这个词。"太有趣了。"她站了起来，脸上火辣辣的，"我看见门开着，我不是故意的，但我想……"

他看着她，好像在思考。

"我真的，真的很抱歉。"埃尔西说。

索尔比打破了沉默，用烟头轻轻敲了敲手背。

"如果你喜欢，你可以坐在上面。"他说。

"椅子上面？"

他点点头，嘴角微微一笑。

"哦……太好了，"埃尔西笨拙地坐在椅子边缘说，"谢谢。"

他相信我了，她想到。他真的以为我对他那些可怕的东西感兴趣。

在某种程度上，他是对的。埃尔西无法否认房间里的东西有一种可怕的魅力。索尔比也是如此，他面容冷酷，脚步无声。眼睛古井无波，似乎太过深邃，眼神了无光芒。也许正因此他的脸才显得这样淡漠。

她双手颤抖，紧紧贴在两膝上。一是为了克制抖动，二是以防碰到椅子上光滑的象牙扶手。

"非常舒服。"她小声说。

索尔比一定认为这是一种敬畏的低语。

"这是我印象最深刻的作品之一。"他说。

如果一个人对某件事感兴趣，那应该问一些相关的问题。埃尔西绞尽脑汁。

"这是你亲手开枪打到的吗？"她终于鼓起勇气，"我是说大象。"

"当然。这个房间里的一切都是我的战利品。"

"那一定……花了你很长时间。"

"三十五年。"索尔比走到书桌前，点燃了香烟，急切地吸了一口，"这是我的第一个猎物。"他指着壁炉台上一个螺旋状的黑犄角对她说道。角放在乌木底座上，末端镶银。

"这是一只印度黑羚羊，"索尔比说，"这一枪很难，但我成功了。我父亲把角装饰起来以纪念这一时刻。在那之后，我对所有的猎物都做了同样的事情。"

"但是为什么呢？"埃尔西问道。

他盯着她，似乎对她的不理解感到惊讶。

"这不是很明显吗？"索尔比的手臂扫过房间，"我把它们打造成了珍宝，你没看见吗？有价值的东西。"

埃尔西原本以为他会说自己是出于敬意才这么做的。作为对他射杀生物的纪念。说些冠冕堂皇的话，说动物们是值得尊敬的对手，说尽管他到处猎杀，也是因为他真的喜欢动物，崇拜动物。

即使是这个原因就已经够糟糕的了，但现实更糟。

有价值的东西。

就好像一只小老鼠的生命也不比房间里所有物品的总和有价值。

然而索尔比对此视而不见。他只知道获取，他只关心拥有。

这是一个可怕的想法，但不知为何，这使埃尔西不那么害怕眼前这个人了，她立刻从椅子上站了起来。她在房间里待了多久？感觉像是一个小时。约翰会纳闷她发生了什么事。

她看了一眼时钟。它被镶嵌在一个头骨里，骨头洁白得如同最纯净的大理石，两颗弯曲的獠牙勾勒出钟面，仿佛吞噬了时间。

"那是老虎，"索尔比说，"是我见过的最大的。"

"戈登先生说你是老虎专家，"埃尔西说道，"他说不知道你是怎么猎到这么多的。"

我知道你是怎么做到的，她想。

索尔比说："老虎是我毕生的兴趣所在，我用最新的技术研究了很多年。"

埃尔西不再说话。她想起了那些关在笼子里的老虎，它们生命的火光在恶臭的黑暗里几近熄灭。他只不过是个伪君子。

"我得走了。"她说。

"是的，"他指着门说，"但在你走之前我想告诉你，你的朋友好像逃走了。"

"是吗？"埃尔西颤抖了一下。

索尔比默默地盯着她看了一会儿，就好像他眼前是一只兔子，正不知道朝哪个方向逃跑。

"那孩子现在一定已经走了好几英里了，"他终于说，"这意味着你们也不能留在这里了。你们明天一早就得离开这里。我的手下会用吉普车送你们。"

埃尔西哑口无言地点了点头。

"我强烈建议你们不要再回来了。"索尔比平静地说道，这比任何愤怒的表现都要可怕得多，"这片森林是个危险的地方。记住。"

第46章

除了等待，他们别无选择。

他们把计划在心里过了十几遍。晚餐前一小时，曼迪普会去空地的房子，打开大门。然后，当索尔比和客人们坐下来吃饭时，约翰和埃尔西就悄悄爬上楼。埃尔西负责在楼上监视客人，约翰则借助索尔比房间里的设备打开笼子，不过他必须先打开窗户，才能让无线电波更好地传出去。他觉得，乌鸦飞过时，那栋房子比看上去更近了。他甚至可以看到树上的天线。与此同时，曼迪普会躲起来过夜，第二天早上到大路上去。索尔比的一个手下会开吉普车把他俩接走，约翰认为得看那人是谁，利用这个好机会劝停他，然后接上曼迪普一起走。

等索尔比意识到老虎已经逃跑、他的计划也泡汤时，约翰、埃尔西和曼迪普已经在回家的路上了。

他们用对讲机和曼迪普讨论了一切细节，并叮嘱对方要小心。埃尔西说了至少十五次："我希望计划能顺利进行，它会顺利的，对吗？"现在除了等待，别无选择。

他们躺在房间里，墙壁在夕阳的照耀下闪着金色。埃尔西揉了揉鼻子。从昨天起，她的鼻子就一直很痒，约翰说是因为她自己抠的。现在又痒起来了，埃尔西从来没这么痒过。

"我想知道壁虎去哪儿了，"她说着，以分散自己的注意力，"也许它们只在晚上出来。"

约翰没有回应。

"英格兰怎么样？"他突然问。埃尔西瞥了他一眼，他正凝视着天花板。

"还行。"她说。

"它……不像这里，是吗？"约翰问。

"是的，"埃尔西说，"不像。"

他们沉默了很长时间。

"人没有选择的权利，对吗？"约翰用凄凉的声音说，他的眼睛仍然盯着天花板，"你在哪里出生是无法选择的……"

"成为什么人也是无法选择的。"埃尔西低声自言自语道。

"而且——"约翰停了下来。

他们再次陷入沉默，各怀心事。

"不会那么糟的，"埃尔西最后说，"至少你不用连续上九个月的学。在英格兰，一个学期要短得多。"

"那倒是。"他很认同。

"此外，你还会拥有所有值得期待的新发明。"

"笨蛋。"

"傻蛋。"埃尔西脱口而出，捂住嘴不让自己笑出声。

"傻蛋？"约翰愤怒地坐直了身子，"没有这样的词！"

然后他们想起他们本该考虑行动计划的，于是约翰又躺了下去。

"我希望计划能顺利进行，"埃尔西说，"会顺利的，对吗？"

他们在厨房吃晚饭，紧张得说不出话来。阿加瓦尔先生在平底锅和烤盘之间匆忙地来来回回，边搅拌边品尝，一脸焦躁不安。在桌子的另一边，那个早上给他们端茶的小男孩正费力地一个接一个地摘红花菜豆，焦急地看着厨师。

客人们预定八点就座吃饭。现在已经七点多了，这意味着曼迪普应该去打开房门，这样老虎们就可以在打开笼子的时候逃跑了。埃尔西的手指在桌子底下紧张地交叉在一起。

约翰已经放弃咀嚼食物了。他把食物囫囵吞下，就像一只鹈鹕。埃尔西把她的一团米饭推到他的盘子里，眼看着它消失了。

终于，这顿饭吃完了。他们推开椅子，匆匆回到卧室。

"我们需要确认曼迪普开门了没有。"埃尔西说着，在约翰床上的床垫下翻找藏在那里的对讲机。

"我来。"

"轮到我了。"埃尔西拧了拧前面的表盘，听到它咔嗒一声，"喂，曼迪普？"

"你应该按下旁边的按钮，记得吗？"约翰嘘了一声。

"哦，是的。"埃尔西又试了一次。她听到一阵电流声，然后曼迪普说了些什么。

"你做到了吗？"她问道。

"是的，但是……"他的声音有一阵变得很小，"……但我打开了。"

埃尔西从按钮上拿开手指。"他说他做到了。"她告诉约翰。

"我知道，我就站在这里，不是吗？"

约翰抓住对讲机，塞进了短裤的腰带里。

然后，突然间，他们听到一个响声，声音就好像水被扔进石头后，泛起的涟漪一样扩散开来，充满了空气。接着又有一声响动。

"那是什么？"埃尔西问道，尽管她已经猜到了。

那是走廊里的锣声，在召唤客人吃饭。

第47章

　　埃尔西趴在地上，透过栏杆往外看。她可以看到下面整个餐厅。餐厅装饰得富丽堂皇，令人生畏，四面都是木制镶板。镶板上是锻铁的烛台，还有几十只鹿头，鹿角有的直，有的弯，有的扭曲，在白墙上投射出交错的影子。

　　餐桌在房间的中央。客人们两边各坐两个人，索尔比坐在最前面。埃尔西很高兴他是背对着她的。她朝对面望去，看到了站在房间另一边门口的戴着头巾的仆人。在她正下方，稍微偏右一点儿，就是厨房的入口。就在她看着的时候，侍者端着两碗汤走出来，犹豫地放在了桌子上。

　　"他们都在那儿。"埃尔西小声说。

　　约翰蹑手蹑脚地沿着墙走到索尔比的房间，犹豫了一会儿，然后溜了进去。

　　埃尔西转过头看着客人们，没有人抬起头来。即使他们抬起头，她也认为自己可能是安全的。他们很难看到灯光之外的任何东西。她向前挪了挪，把脸贴在栏杆上。

玻璃杯和餐具相碰的声音从下面飘了上来，勺子在瓷盘上叮当作响。

"这是什么？"马乔里问道，一脸僵硬地盯着她的汤。

"某种鱼，"诺特尔说，"至少我觉得是这样。"

查尔斯呷了一口，咳嗽了一声，然后用餐巾擦了擦脸。

埃尔西注意到，他们都换了衣服来吃晚餐。男人们穿着深色夹克和白色衬衫，马乔里穿着蓝色紧身连衣裙，肩上有褶边。诺特尔低着头，头发闪着油光。

"或者乌龟。"他说道。"是乌龟吗？"

索尔比对侍者说了几句话，助手正端着一壶水，犹疑不定地在旁边徘徊。

索尔比说："我说过这汤里是韭菜和土豆。"

"太好了！哈哈哈！"

即使隔着这么远的距离，埃尔西也看得出查尔斯的领结太大了。这让他看起来像一件包装浮夸但令人失望的礼物。埃尔西想，某些令人失望的礼物通常都会留到最后才被拆开，因为你知道那只是一盒铅笔，或者一瓶不太起泡的泡泡浴。

"我真的宁愿吃些面包和黄油，"马乔里说，"如果不麻烦的话。"

埃尔西忧心忡忡地瞥了一眼索尔比的房门。约翰只离开了几分钟，但感觉时间过了很久。也许他开窗遇到了麻烦，又或者，他对无线电波设备的了解不如他想象的那么多，无法让它工作。也许她弄错了，那真的只是一台收音机……

汤已经被撤走了，大部分都没动。埃尔西想知道阿加瓦尔先生会怎么想。他的助手显然也在想同样的事情。在他撤下一只只碗时，一种阴郁的气氛笼罩着他。

她吓了一跳。约翰回来了。他爬向栏杆，趴在地上。

"成功了吗？"埃尔西低声问道。

他点了点头，脸上露出喜色。

"你确定？"

"我打开窗户，拨动了所有开关，等了一会儿，然后又关上了窗户。"

"你告诉曼迪普了吗？"

"告诉了，"约翰仍然拿着对讲机，"小声点儿，他们会听到的……"

他说得对，他们必须保持沉默，尽管埃尔西还想知道很多事情。比如老虎离开笼子需要多长时间，到明天早上它们是否能跑得足够远。

"我希望曼迪普不会碰到它们中的任何一只。"她小声说。

"不可能的。它们不会逗留。即使是被下药的老虎也能跑得很快。"

"我还是不明白——"

"嘘。"约翰说。

埃尔西顺从地闭上了嘴。她本来想说，如果老虎跑得那么快，那她就更不明白索尔比第二天打算怎么找到它们了。即使他只打算给它们短暂的活动时间，它们也很难被找到。而且，当每只老虎出来时，它不会简单地待在房子周围的某个区域。即使是最愚蠢的客人也会怀疑，为什么森林的那个角落里有那么多老虎。不，为了让人信服，他会载着客人向不同的方向开好几英里的车，绕绕圈子。

她记得他盯着门的样子，好像他能透过钥匙孔看到她似的。后来，他鬼鬼祟祟地上楼，在他自己的房间里跟她碰个正着，好像他早就知道她在那儿似的。

埃尔西想，索尔比肯定是以同样的方式找到老虎的。用他著名的第六感。

第48章

在对讲机断线之前，曼迪普一直想通过对讲机告诉埃尔西的是，当他站在关老虎的房子旁边，正要抬起门闩打开门时，他明显地感觉到自己正在被监视着。

快到晚上了。黑暗已经吞没了森林，但天际还有一抹光亮。曼迪普看得到空地的轮廓和房子的外形，看起来比树木要暗一点儿。

他停下来，静静地听着。

他不是一个人。

曼迪普不知道为什么他对这一点如此确信，如果把这当作想象置之不理很容易。但是，他从经验中学到，永远不要忽视自己的直觉，因为那通常是基于真实的事物，甚至在他都不知道自己在做什么时，内心感知到的微小信息。

周围的森林里有种异样的沉默。一片黑暗，不见阴影。高高的草丛里一阵颤动，可能只不过是微风的吹拂，但此时是没有风的。

曼迪普僵住了，手放在门闩上。

最后一束天光已经消失，星星泛着冷光，矮矮地挂在天空中，比其他地方的都要大。火星发出的光亮就像老虎的眼睛里燃烧着的金色。

曼迪普把门闩猛地一推，心怦怦直跳。他把门推至大开，确保其牢牢地卡在凹凸不平的地面上，然后飞快穿过空地离开了。黑暗中小路的入口模糊不清。他惊恐万分，犹豫了一下，一头扎进了竹林。他找到路更多是靠运气而非判断。他一路狂奔，感觉不到树枝的抽打和拉扯。

直到被扭曲的树干绊倒，到达了相对安全的大路，他才停下来。他弯下腰，喘了口气，然后直起身子，快速向神殿的拐弯处和他藏身的地方跑去。

月亮升起来了，空气比之前更冷了。曼迪普边走边用双手环抱自己。现在他的恐慌已经基本平息，他开始后悔当初决定躲在山洞里。山洞里白天很舒服，当约翰用对讲机提醒他客人们要来时，他已经爬上神龛后面的岩石，避开了视线。

戈登先生用手杖徒劳地戳进洞里，看上去真滑稽！

曼迪普希望能向凯尔西示意他不在里面，尽管她可能会露馅。她那张脸什么都能看出来。他想起她不停搓手的样子，暗自笑了起来。

他不知道该怎么看待凯尔西。他甚至不确定那是不是她的真名。约翰在介绍她时，似乎也对此持怀疑态度。她是曼迪普见过的最好的人之一。奇怪的是，他自己也说不清楚为什么会有这种感觉。也许是因为她很容易交谈，也许是因为她问的那些问题很奇怪。

好像她什么都懂，又什么都不懂。

曼迪普走到拐弯处。他寻找在月光下显得更加险峻的台阶，想着山洞里会有多冷。棚屋里并不舒适，但至少有一条毯子。阿加瓦尔先生还会给他送来晚餐。

曼迪普突然觉得很饿，他几乎一整天没吃东西了。

他口袋里的对讲机噼啪作响，吓得他跳了起来。他把它拿出来，沿着小路继续前行，朝着狩猎小屋的灯光走去。

第49章

从撤下汤到端上主菜，中间隔了很久，久到戈登又喝了两杯酒，查尔斯开始摆弄餐巾。

"看，马乔里，"他说着，把打了结的餐巾放在她面前，"一只天鹅！"

在桌子的另一边，诺特尔利用谈话的间歇，回到了他最喜欢的话题：乐陶陶园地和各种游乐项目。

约翰和埃尔西坐在上面听着。

诺特尔说："当然，战争期间生意兴隆，没有什么比主题公园更能让你放松心情的了。战况越严重，我们的顾客就越多。"

"听起来你很遗憾战争结束了。"戈登说道，带着敌意看了他一眼。

"哦，拜托，"马乔里插嘴说，"我们又要谈起战争了吗？"

约翰轻轻拍了拍埃尔西的胳膊。"我们应该回去了，"他低

244

声说，"我可不想在这里被抓住。"

埃尔西正要同意，这时她看到侍者推着一辆装满盘子的手推车走了出来，每个盘子上都盖着一个银色的大圆盖子。

"等一会儿，"埃尔西小声说，"我们等到他们再次开始吃东西，发出更多声音再走。如果我们现在走动，他们会听见的。"

侍者停好手推车，开始上菜。他的手在颤抖，要么是因为盘子太重，要么是因为他神经紧张，要么是两者兼而有之。

"这到底是什么？"当银色盖子被拿开时，约翰喃喃地说。

从远处看，很难辨认出下面那少得可怜的东西，只能看出它们几乎没什么颜色，似乎只由细小的骨头组成。而且从客人们的表情来看，即便是近距离观察，也看不出那是什么东西。

"我觉得是某种小鸡，"戈登最后说道，小心翼翼地用小刀戳了戳，"看样子，是煮的。"

"我必须为厨师道歉，"索尔比说，"他是新来的。"

"哪儿的话，"戈登说，"老兄，我敢说这一定很好吃。"他赶忙谄媚地换了个话题，说道："我们都非常期待明天的狩猎。对不对，诺特尔先生？"

"当然。我已经等不及了。"

"我保证这会让你忘记主题公园。"戈登笑着说。

"不可能，"诺特尔说，"我们的老虎项目会建得很大，这是我们目前最大的投入，再没有比这更大的项目了，对吧，索尔比？"

"的确如此。"索尔比说。

索尔比的声音没什么不寻常之处，他只是听起来很无聊。但埃尔西的身体突然僵硬了。她有一种强烈的感觉，索尔比或诺特尔说了很重要的话，只是她搞不清楚到底是什么。她皱着眉头，试图集中注意力。他们刚刚在谈论什么？没听出什么重要的事，只是无聊的谈话……

马乔里啪的一声把餐刀扔到盘子上。

"我吃不了，我就是吃不下。"

"也许我们能给你找点儿别的。"索尔比向侍者做了个手势。侍者匆匆离去。片刻的沉默之后，厨房里传来砰的一声，好像有什么东西被摔到了地上。又是一声重击，接着是一连串的喊话，一声比一声响。

"厨师正在大发雷霆！"约翰笑着低声说，"他快疯了！"

埃尔西没在听。她刚刚明白过来她听到的是什么，以及为什么它似乎很重要。现在，她忽然发现之前困惑的一切都变得清晰起来，甚至无法相信自己以前居然忽略了它。她激动得跪坐起来。

"我知道他怎么做的了！"

"谁做什么？"约翰还在咧嘴笑着，眼睛盯着客人们。

"索尔比。我知道他是怎么找到老虎的了。"

她早就该想到了。一直以来都有线索——戈登在吉普车里，谈论索尔比神秘的沟通能力；索尔比对着虎头时钟说道"我已经用最新的技术研究它们很多年了"；她通过钥匙孔听到的关于"第六感"的谈话，以及那人耳听不到的次声波。

埃尔西一直在想，索尔比是如何在既不露出任何马脚，也不用花几天时间在森林里搜寻的情况下，找到所有已被释放的老虎的。现在她知道了。正是诺特尔所说的"投入"做到了这一点。

索尔比没有去找老虎，他让老虎来找他。

"他使用了次声波，"埃尔西说，她激动地拉着约翰的袖子，"我们听不到，但老虎可以。他传音给它们，你懂了吗？就像那些只有狗才能感觉到的口哨，只有那些高音的……"

约翰惊恐地看着她："你为什么这么大声说话？你想让他们听到吗？"

"但你得听着！"

索尔比的声音从下面传来。

"看来厨师不管我们了。他生气地离开了厨房。"

"可耻！"戈登喊道，"我希望你当场解雇他。"

"既然他已经走了，我觉得这样做没什么意义。"

"但是布丁呢？"查尔斯可怜地说，"我还盼着吃布丁呢……"

埃尔西拉着约翰的袖子，比之前更用力了。"你听着，"她重复道，"我不知道他是怎么做的，但是——"

她突然想到一个可怕的念头，然后不再讲话了。

"对讲机！"她喘着粗气。

一定是这样。在狩猎那天，索尔比手里会有一个对讲机。仆人回到小屋后，就会去拿另外一个，所以仆人知道何时打开每个笼子。但正如埃尔西第一次发现对讲机时注意到的那样，这些对讲机是不一样的。其中一个，她手里的那个和索尔比要用的那个是不同的。

它的正面有一个很大的红色表盘。

埃尔西一言不发，甚至连想都没想，就向约翰拿着的对讲机扑去。

他的手指本能地握紧了："你在干什么？"

有那么一瞬间，他们两人都抓住了它，各自试图从对方手中夺走它。然后对讲机从他们的手中掉下去，直接穿过了栏杆。

奇怪的是，接下来的几秒钟似乎过得很慢。埃尔西还有时间注意到对讲机落下时是如何旋转的，以及它落在餐桌上的确切位置。对讲机把一个玻璃杯砸得朝一个方向飞过去，盐瓶则朝另一个方向飞去。她试图转身，但她也跟着慢了下来。此时转身已为时已晚，她还没来得及挪动一英寸。

下面房间里的每个人都齐刷刷地看向她。

"什么鬼东西？"有人喊道。是戈登。他张开嘴，好像要再次喊叫，但他想说的话都听不见了，这些话被厨房里爆发的喧闹声淹没了。空气中充满了一系列震耳欲聋的尖叫声，金属锅的叮当声，狂乱的脚步声，听起来仿佛有一群人在移动。索尔比怒气冲冲地站起来。

"猴子！"约翰喊道，"厨师一定没关门！"

一大群灰色的身影——速度之快，数量之多，以至于数也数不清——突然叫着冲进餐厅，椅子在他们身后翻滚。一只猴子抓住马乔里肩头的一缕头发，另外三只猴子从桌子上猛冲下来，盘子和玻璃杯都摔碎了。还有一些跳到空中，从一个鹿头跳到另一个鹿头，它们的影子在墙上乱窜。

客人们挥舞双臂，试图保护自己。诺特尔跪了下来，想挤到桌子底下。马乔里只是站着尖叫。只有索尔比保持着冷静。

"来人，开门！"他喊道。

房间另一边的仆人不需要指示，已经把门打开了。那群猴子立刻涌进了远处的走廊。

仆人把门砰的一声关上，脸色阴沉。

"什么东西吓坏了它们，"约翰说，"究竟是什么让它们那样害怕？"

下面一片寂静，仿佛每个人都在问自己同样的问题。就连马乔里也不再呜咽了。她恍恍惚惚地抬起一只手轻拍头发，仿佛在检查头发是否还在那里。

"哦，不，"埃尔西咕哝道，"哦，不。"

通往厨房的门口出现了什么东西。一张宽大的脸，耳朵耷拉着，胡须警惕地斜立起来。它停了下来。然后，它耸了耸粗壮的肩膀，走进了餐厅。一头雌虎。

在户外，雌虎看起来就相当庞大。这会儿在室内，在散落的盘子和摇摇欲坠的椅子中间，她看起来更像一辆坦克。

第50章

　　戈登的酒从手中滑落，地上传来玻璃杯碎裂的声音。有人倒吸一口凉气，马乔里仍然紧抓着她的头发，低声呜咽起来。

　　"天哪，天哪，天哪。"

　　然而，雌虎似乎没有注意到客人们。她以一种近乎恍惚的状态稳步走来，既不往右看，也不往左看。

　　"都别动。"索尔比的声音像坚冰一样冷硬。他的目光与仆人交汇。

　　当老虎迎面扑过来时，仆人展现出了非凡的勇气，他再次伸手去抓门，推开门的同时向后一闪。

　　雌虎慢慢走着，然后离开了。

　　约翰无言地盯着埃尔西。

　　"这就是我想告诉你的，"她说，"是对讲机。我不小心转动了表盘。它在召唤老虎到这儿来。"

　　"哦，天哪！"

约翰话音刚落，他们就听到一声尖叫。第二只老虎走进了餐厅，第三只老虎紧随其后。埃尔西看到老虎跳到了桌子上，木头在重压下发出可怕的吱吱声，它的爪子在桌布上打滑，剩下的盘子和餐具都摔到了地上。

厨房里传来一阵低沉的撞击声和咆哮声。

客人们惊慌失措。一只老虎挡住了通往走廊的出口，从厨房逃走也不可能。他们紧紧贴在餐厅的墙上，毫无尊严可讲。戈登抓起一把椅子，躲在后面，挥舞着，试图威胁老虎。诺特尔吼叫着要枪。马乔里蜷缩在地板上，咬着自己的手。

只有索尔比没有动。

"保持冷静，"他命令道，"如果保持冷静，老虎就不会伤害大家。"

"这些都是可怕的老虎，不是吗？"戈登喊道，仍然躲在椅子后面。

马乔里把手从嘴里拿下来，"我们必须保持冷静！"她尖叫起来。

一只老虎趴在桌子底下，张开嘴发出低吼。厨房里的咆哮变成了深沉的喘息声。

约翰抓住埃尔西的胳膊："快走！"

他们跑到楼梯顶端的平台上，停了下来。没有发现猴子的踪迹。听着远处的喧闹声，它们一定是沿着走廊逃到了外面的房间里。然而，埃尔西几乎没有意识到这件事。

第一只雌虎已经离开走廊，径直上楼向他们走来，动作非常平稳，非常安静，仿佛在滑行。

"稳住，稳住，"约翰拉着埃尔西的手说，"不管做什么，都不要跑。"

他们后退了一步，然后又后退了一步。

"不要突然动，"约翰说，"慢慢来……"

埃尔西不知道怎样才能保持冷静。她紧紧抓住他的手，能够感受到他手指上的每一根骨头。

雌虎走到楼梯顶端，停了下来，发出喘息声，嘴巴半张着，黑色牙龈上的唾液闪闪发光。然后它前进了。

埃尔西感觉到自己的双腿开始发抖。

"稳住。"约翰重复道，尽管他的声音也有一丝颤抖。

他们继续往后退，眼睛紧紧盯着雌虎。当他们经过索尔比的房门时，约翰用另一只手把门推开。

"值得一试……"他喃喃地说。

雌虎走到索尔比房间敞开的门前，停下来嗅了嗅。然后它转过头溜了进去。

"快跑！"约翰大叫。

埃尔西不需要提醒，她已经冲向楼梯了。她飞快跑过时，低头瞥了一眼餐厅。有人设法开了一扇窗户。她看见客人们互相推搡着，争先恐后地往外逃跑。

"穿过正门。"他们跑到楼梯口时，约翰喘着气说。当他们冲过大厅，他停下来从放枪的角落里拿起枪。在游廊上，埃尔西听到了脚步声。曼迪普在那里，一脸茫然。

"怎么回事？"他问道，"老虎在这里干什么？"

"都是我的错。"埃尔西搓手说道，"我不是故意的！我不知道——"

她的话被吵嚷声打断了。客人们从餐厅里跑了出来，绕过大楼的一侧，跑到游廊上相对隐蔽的地方，一路上吵吵嚷嚷。

第51章

即使在小屋昏暗的灯光下，他们的狼狈也无可遁形。马乔里的头发在侧面打了一个大结，戈登的眼镜歪了，诺特尔的衬衫上有几个纽扣崩掉了，露出一大片背心。他们挤在游廊的台阶下，目光在小屋和隐现的森林之间游移不定，然后又转向小屋，似乎拿不定主意该怎么办。

马乔里坚持说他们应该躲到吉普车里，把自己锁在里面。但车钥匙好像在仆人手里，这会儿仆人不见了踪影。就在他们争论的时候，空地另一侧的引擎启动了，前灯穿透黑暗，然后消失了。

和阿加瓦尔先生一样，这个仆人显然已经受够了。

"那个混蛋！"戈登气急败坏地说，挥舞着一只无力的拳头。他看见曼迪普在游廊上凝视着远处。"那个男孩！是他！他是这一切的幕后黑手，我敢用性命打赌。"

"我们得去拿枪！"诺特尔说。

"是的，枪，枪，"马乔里嘟囔着，"去拿吧，查尔斯。"

"但这里到处都是老虎。你知道，我走路不快。"

"你和你那该死的腿！"

"就是那个男孩，"戈登插嘴说，"他是罪魁祸首，如果不是他，我也不会错过那头野牛和豹子……"

索尔比的声音打破了喧嚣。

"我们现在要做的就是保持安静，待在一起。"他站在人群之外，埃尔西发现他拿着对讲机。她想，他一定把信号关掉了。

"老虎很快就会散去的，"他说，"同时，我建议我们去仆人的住处。"

"那在小屋的另一边。"马乔里抗议道。

索尔比说："我向你保证，我们没有太大的危险。"

"听到你这么说，我松了一口气，"戈登说，"毕竟，你是老虎专家。"

索尔比点了一支烟，他的脸在火柴的闪光中毫无表情。

"可是它们是从哪里冒出来的？"马乔里问道，"这么多只来这里干什么？"

"我觉得，它们看起来有点儿萎靡。"诺特尔说，"如果进一步说的话，看起来有点儿沮丧。也许是迷路了或者什么的。"

"以前从来没有老虎打扰过我的晚餐，"查尔斯评论道，"太奇怪了。"

"也许它们是被食物的气味吸引过来的。"马乔里厌恶地皱起鼻子，"气味太大了……"

约翰一直关注着对话，越来越抱以怀疑态度。

"你们还不明白吗？"约翰最后忍无可忍，脱口而出，"你们是有多笨？"

客人们震惊地盯着他看。索尔比的下巴绷紧了。

"我不记得有人问过你的意见。"马乔里说。

"太无礼了。"戈登嘟囔道。

"等一下，"诺特尔说，"我们该明白什么？"

"整个事情都糟透了，全是被人为操纵的！"约翰喊道，"他困住了那些老虎，一直在给它们下药，这样就容易猎杀了。四只老虎，你们每人一只，你们没看见吗？"

"对一个受人尊敬的人来说，这是一个非常严重的指控——"

"我说的是实话！森林里有一栋房子，里面就放着笼子。如果你们不相信，可以去看一看。老虎就是从那里来的。"约翰停顿了一下，"他们一定是……不知怎么逃走了。"

大家听了约翰的话，沉默了一会儿。

"这是真的吗，索尔比先生？"马乔里终于问道。

不管索尔比心里有什么感觉，他都面不改色。他吸了一口烟，好像在给自己一个思考的机会。然后，他耸耸肩。

"你们想猎虎，"他说，"我就给你们抓到了老虎。如果一切顺利的话，你们早就带着战利品回家了。"

"我们不知道你会这样做！"

"你们不知道我是怎么做的？"索尔比抖着烟灰说，"我记得，你们都很乐意，没有问任何问题就交钱了。"

客人们目瞪口呆地看着他。

"你怎么敢这么做？"

"这太令人生气了！"

"一点儿也不好玩！"

"你会收到我的律师函的，"诺特尔宣布，他的肚子鼓得更大了，"相信我，他们会让你下地狱。"

"什么活生生的传奇，简直辣眼睛！"戈登气得浑身僵硬，"一旦消息传开，这个国家所有俱乐部都不会要你了。你会完蛋的，你会——"

他突然闭嘴了，因为一只老虎出现在灯光外围。

一眼就能看出来，这只老虎和其他几只不一样。它蹲伏着，耳朵舒展，腰腿紧绷，没有丝毫萎靡的迹象。这是他们所见过的最大的老虎，甚至比那只头骨被索尔比做成时钟的老虎还要大，它的头看起来又焦又黑，就像被自己的火焰灼烧了一样。

这头老虎露出湿漉漉的牙齿，眼睛紧盯着索尔比。

第52章

一整天，老虎都躺在臭气熏天的房子附近，时睡时醒。人类走来了，起先是两个人，后来是一个人，一个满心恐惧的小孩。老虎看见他站在那里，然后又惊慌失措地跑开了。

它整天都在听着，甚至在打瞌睡的时候，都在听着墙后老虎的咆哮声和叫声。它趴在地上，尾巴抽动着，感受着房子里的老虎没完没了地踱步传来的颤动，就如同它喉咙里跳动的脉搏一样，无休无止。

夜幕降临后，新的声音传来了。这是一种遥远而又低沉的长吟，低得足以穿越河流、山脉和最深处的森林。老虎抬起头，竖起耳朵。

那是母亲的召唤，在命令它跟随其后。

在母亲身边度过的整个时期，从蹒跚学步的幼崽到成年，它都听从召唤。母亲照顾它，保护它，为它杀戮，教它狩猎，分享给它丰富的经验。它从母亲那里学会了如何生存。它通过追随学会了生存。

老虎犹豫了一会儿，记忆的吸引力太强大了，以至于无法忽视。它站起来，穿过空地，朝着声音的方向走去，小心翼翼地走着，敏锐地察觉到了其他老虎的存在。附近有四只老虎。其中有两只走过这条小路，没有任何领地意识，脚步迟缓。

这只老虎以前也经历过失控，那是失去了自我保护意识的动物所表现出的惊愕、反常的行为。这次不同于以往，但感觉太相似了，令它不安，它本能地往后退，与那两只前进的老虎保持着距离。

它正走近第二片空地，也就是那座大楼所在的地方时，那声声的召唤戛然而止。老虎停住脚步，镇静下来。它与人类十分接近，这里有很多人，很危险。空气中混杂着他们的气味，油、木炭、金属和汗水的味道。要是再走近几步，不仅会一无所获，还会尽失一切。

它正要转身离开，突然又闻到了另一种气味，和其他气味混在一起。这不过是它第二次闻到这种味道，但它立刻就认出来了。只要它还活着，这种气味它就永远不会忘记。

燃烧着的烟草，令人作呕的烟味。

死亡的味道。

老虎感到愤怒，浑身肌肉都绷紧了。它之前默不作声，但现在它身上有种异样的沉默，更为深沉，更为致命。它伏下身子，开始往前走，身体在黑暗中滑行，仿佛空气在触碰间变成了油。它注视着远处的光晕。

一群人，像鹿一样挤成一团，它要找的那个人站在一边。它能感觉到人群的恐惧，如同河流一样涌来，汇入了它愤怒的海洋，让它怒不可遏。

老虎张开嘴咆哮起来。

第53章

没有语言能够形容这一声咆哮。埃尔西所听和所感相差无几，就像雪崩时骨头的震动或打雷时内脏的颤动一样。

老虎扭曲的脸更可怕。整张脸好像只剩一张大嘴，看不见额头，眼睛被挤成了缝，但仍然紧紧盯着站在路上的索尔比。

索尔比全身都绷紧了，连他脸上的骨头都绷紧了。仿佛他皮肤下的构造板块以超乎想象的方式移动了，在他的面部形成了越来越陡峭的悬崖和裂缝。

他没有转头，甚至连嘴唇都没有动，就说道："你有唯一的枪。"

埃尔西瞥了一眼约翰，他就在她旁边的游廊上。

"开枪。"索尔比说。

约翰伸手去拿肩上的步枪。

"不要。"埃尔西痛苦地说。

"慢慢地，慢慢地。"索尔比的声音非常平静，"瞄准心脏，孩子。"

"不，"埃尔西小声说，"求你了……"

她曾经阻止了约翰射杀老虎。她阻止了他。但那没什么用，这件事还是会发生。

"你不可以，你不能……"

没人听到她的声音，好像她不存在一样。

"快开枪，"索尔比说。他的声音里第一次出现了恐慌："你还在等什么？"

约翰的手指摸索着扳机，枪托在他的肩上颤抖。埃尔西绝望地摇了摇头。他没有看她。没人看她，连老虎都没有。她只是一个多余的人，永远在幕后，一个不能改变过去，或做出任何改变的人。

她突然感到一种不公，强烈得要哭出来了。

这不是真的！

她不再犹豫，无视周围的喘气声，大步走下游廊台阶，从畏缩的客人们身边走过，继续往前走。她在离老虎六步远的地方停了下来。约翰现在不能开枪了，因为她挡住了老虎。

她抬起下巴，看着老虎怒火燃烧的眼睛。

老虎回过头，以一种老虎独有的眼神打量着她，眼睛一眨不眨，全神贯注。好像眼里只有她。仿佛世界上除了她，什么都不存在。

埃尔西知道自己很害怕，前所未有的害怕。但她的恐惧此时从身体中抽离了，就站在她身边。恐惧，连同其他所有的东西一起造就了她。那些她所有的希望、爱和隐秘的悲伤；那些曾经让她笑过、哭过，或者眷恋和逃避的事情；那些她的失败和胜利，以及所有介于这两者之间的时刻，非常多的时刻，在她寻找一线希望，并充分利用一切的时候，造就了她。

这一切都在那里，埃尔西伸手就能摸到它。但她没有。

我没有出生，我不存在，我是凯尔西·克尔维特，我的声音可以驯服凶猛的野兽。

埃尔西深吸了一口气。然后她张开嘴开始唱歌。

生活有黑暗和苦恼，但也有光明和微笑。

正如努内斯先生曾经痛苦地注意到的那样，她的声音尖细而又走调。但是，她的声线是完全稳定的。

即使有黑暗和冲突，努力就能看见幸福。

在埃尔西周围，没有任何动静。连树上的叶子也一动不动，它们仿佛因受惊而陷入了沉默。

保持微笑，永远保持微笑！

到合唱部分时，埃尔西的声音提高了。她以前只被允许哼唱，所以现在她唱得特别大声来弥补。

保持微笑，它将每天助人提高，把所有的路照耀！

第54章

老虎怔住了，一方面是因为惊讶，另一方面是因为这个小人发出的声音太令人不安了，以一种模糊的、几乎被遗忘的方式，让它想起一只饥饿的幼崽的呜咽。不过让它停下脚步的主要原因是眼前这个生物没有丝毫恐惧。

除了遇到的其他老虎，它一生中从未遇到过一只在它面前没有表现出恐惧的动物——或是汗毛直立的警惕，或是魂飞魄散的惊恐。恐惧是一种有生命力的东西，点燃它行动的火花，助长它的怒火。

现在，恐惧的消失产生了相反的效果，就像风停的间歇，草丛归于平静。老虎的尾巴一动不动，嘴唇舒展开来。

在所有关于它的传说中，只有一个是真的。

在遥远的过去，由于自身的弱小和恐惧，人类给老虎准备了一份礼物。这份礼物由幻梦创造，由渴望塑形，由恐惧打磨。这是一件有着非凡力量的礼物。

老虎成了神，众神骑在它的背上，死去英雄的灵魂栖居其中。它可以在空中飞翔，神奇地出现和消失，单凭凝视的力量就可以杀人。它的眼睛充满了幸运，它的心充满了勇气，它的骨头可以治愈一千种疾病。

人类的弱小和恐惧，给老虎赋予了非凡的力量。

后来，也因为人类的弱小和恐惧，人类又想把这份力量拿回来。

所以，人类开始了行动。人们掠夺了老虎的身体，磨碎了它的骨头，剥了它的皮穿在身上，站在它的尸体上拍照，好像在说："这是我的！看见了吗？是我的！"但没什么用。尸体只是尸体，照片也一翻而过。

老虎的目光从埃尔西身上移开了。它朝森林里望去，想着在到家之前还有几英里要走。它知道，无须言明，它的力量无法给予或剥夺，无法在它的尸骨中找到，也无法在战利品失明的眼睛中找到，因为力量并不在那里。力量只存在于它的心跳中，在它活生生的隐秘的自我中。

它摇了摇头，灯光划过它铜色的皮毛。

然后，它离开了。

第55章

在老虎消失后的整整三十秒钟里，没有人移动或发出声音。他们就这样站着，好像忘记了自己有嘴说话，有腿走路，甚至忘记了自己有大脑可以思考。

然后，马乔里颤抖地吸了口气，就好像她从无底井深处提上来的水桶里喘过气来。

"我要晕倒了，我要晕倒了！"她喊道，"哦，查尔斯，在我们的蜜月……"

顿时，每个人都像从恍惚中清醒，立刻议论纷纷。

"它走了吗？"

"你看到那东西的大小了吗？"

"那个女孩，对着它唱歌！"

"要我说，真是胆子太大了。"

"鲁莽，应该趁着机会开枪。"

"凯尔西！"曼迪普的声音盖过了喧嚣，"凯尔西！你没事吧？"

埃尔西听到游廊楼梯上传来了他的脚步声。约翰目瞪口呆地盯着她。她觉得自己可能会突然歇斯底里地大笑起来，一直笑，直到有人扇她一巴掌才能停止。但她不能。她的鼻子又开始痒了，不过这次不像是痒，更像是灼烧。

埃尔西用手拍了拍脸。她觉得整个脑袋像是着火了。她胸中涌起一阵压力。

约翰和曼迪普在她身边。

"怎么了？"约翰问，"你受伤了吗？"

埃尔西摇了摇头。压力现在已经到了她的喉咙，而且越来越高。她甩开约翰的手，跌跌撞撞地离开了灯光照亮的地方，穿过空地。她的脚绊到了树根，踉跄了一下，眼睛湿润，仿佛被某种内在的、不可阻挡的力量挤压着。她倒吸一口气——

然后打了个喷嚏。

下 篇

后来
发生的事

第56章

1948年，南非克鲁格国家公园。

如果索尔比在其他任何地方被鞋带绊倒，最糟糕的情况就是膝盖擦伤。他会骂骂咧咧地站起来，勒紧靴子，继续前行。但事情发生时，他正在一个偏僻的山区穿越一条陡峭的山脊，所以他径直摔了下去。

当他摔下陡峭的斜坡，松散的岩石在他周围翻滚着，他甚至有时间回想往事。自从两年前小屋里那场灾难性事件以来，他除了霉运，什么都没有。他的积蓄都花在了律师费上，讲座被取消，他的财产——那些老虎和猴子在大楼里横冲直撞后剩下的东西——都被印度当局没收。他恶名远播，远到南非。他还有时间想到，这个地区很偏远，即使世界上有人愿意找，他的尸体也不太可能被找到，而且谁会来找他呢？

这是一个很长的斜坡，他甚至有时间感到惊讶。对于他这个打倒了世界上那么多最可怕的食肉动物的人来说，竟然栽在一根散开的鞋带上，这是多么讽刺啊！——再没有什么比这根鞋带更凶猛的了。

然后，一块巨石从山坡上滚落下来，击中了他的脑袋，他的所有想法都消失了。

不到半小时，三头狮子发现了他的尸体。狮子们进食时，引起了秃鹫的注意，它们聚集在安全距离外等待着。野狗发现了狮子和秃鹫留下的东西。一群鬣狗叼走了骨头，成群的蚂蚁和各种各样的甲虫把剩下的碎片拖走了。当最后一块微小的碎屑消失时，已经无法计算索尔比滋养了多少生物，也无法计算他在多少生命中——无论多么短暂——发挥了至关重要的作用。

他终于成了他最在意的东西。

有价值的东西。

第57章

1977年，印度新德里。

当讲台上的主持人做介绍时，曼迪普在台上的座位上动了动。会议厅里挤满了人，但他一下子就认出了母亲。她坐在前排的中间，像往常一样，她看上去既高兴又有几分不满。

曼迪普抬起手来整理了一下衣领……

主持人说了很久。曼迪普叹了口气，心不在焉。他在脑海里回顾着这些年所有造就这一时刻的事情：发表的论文、演讲、与知名人士的会面、好运、意外的挫折以及克服过的种种困难。

在那之前，多年不懈的学习、获得大学奖学金、考取资格证……曼迪普微笑着，想起了他的各种头衔。然而，他知道，如果没有家人和老师的支持，再加上他自己顽固和不可动摇的决心，这一切都不可能实现。

还有一串珍珠，50 多年前收到的。

曼迪普记得那天下午的每一个细节。那是拉西特夫妇离开印度的前一天，拉西特夫人的房间里摆满了衣服和部分打包的行李箱。

他尴尬地站在门口，拉西特夫人说："过来，我有东西给你。"

他还没来得及拒绝，她就把脖子上的那串珍珠解开，压在他不情愿的手里。

他摇了摇头，既惊讶又尴尬："我不能收，这不——"

"我想让你收下。你把约翰从河里救了出来。你救了他的命，曼迪普。"

他又摇了摇头。

"请收下吧。"拉西特太太用一种他从未听过的声音说。

他抬起头来。她眼里含着泪水。

"我不能再失去一个孩子了，"她说，"那样我就活不下去了。"

她停顿了一下，试图微笑，然后抓住曼迪普的手，紧紧地握住珍珠串。

"总有一天，当你有了自己的孩子，你就会明白的。"

珍珠用钻石扣系着，非常珍贵。卖了珍珠以后，能让他有足够的钱买一张去城里的火车票，也足够让曼迪普上一所好学校，尽管他必须做两份工作才能留在那里——在餐厅当服务员，搬运成箱的杂货，然后再回到家，学习到深夜。

主持人终于结束了介绍。曼迪普听到了他的名字和雷鸣般的掌声。他站了起来，思绪却仍然遥远。

这串珍珠帮助他踏上了全新的人生道路，但还有更重要的东西——很久以前他在林间营火的灰烬附近发现的一张纸片。

凯尔西把它落在那儿了。那个有着各种奇怪问题的女孩。她仅仅用一首歌就征服了世界上最大的老虎，然后就消失了。他们找了好几天都没找到她。约翰说，她一定是离家出走了，但是没有人知道她的家在哪里，也不知道她该如何在森林里独自生存。

曼迪普从来没有忘记那个女孩，也没有忘记她那张纸片上写的字。

纸上印刷体的字写着：什么是生态系统？

而下面，潦草的铅笔字迹写着有拼写错误的答案。

生态系统是一个生物裙落，它们相互作用，因为它们共处于同一生物圈中，彼此练系，互相需要，否则一切最钟都将消亡。[1]

曼迪普还留着那张纸，收藏在他办公室的抽屉里。当然，他听说过"生态系统"这个词，但那是几十年后的事了，他不明白凯尔西是怎么在多年前就知道这个词的。但她的话似乎传递了一个信息。

掌声渐渐平息了。曼迪普清了清嗓子。

"我们都知道，"他开始说，"政府最近宣布了又一个关于国家公园的规划。"

曼迪普身后的大屏幕上出现一张照片。一条蜿蜒的小路穿过一片灌木林，太阳在古老的枝干间倾泻出巨大的光柱。

那是他的森林。

"这是我的荣幸，"曼迪普说，尽管他在公众演讲方面有很多经验，但他的声音还是顿了一下，"很荣幸向大家介绍印度最新的老虎保护区。"

这块保护区面积很小，远远不够大。但它会增加，会扩大。会有人参与到这场保卫战中。曼迪普闭上眼睛。他坚信未来还会有很多人加入进来，比如那些和他有着同样信仰、同样

---

[1]　"裙""练""钟"应为"群""联""终"，对应原文里的错别字。

梦想的人。从他记事起，这个梦想就一直在他心中。

　　森林就像一座花园，万物皆有其所，万物皆得其乐。

第58章

1989年，英格兰。

火车司机打开车厢门，坐到座位上，座椅靠背微微作响。座椅很旧，皮革经过几十年的使用已经磨损，背部凹陷，与驾驶员后背的形状完全吻合，似乎成为他身体的一部分。

从某种意义上说，确实如此。在过去的三十九年里，除了假期和病假，他几乎每天都坐在这个座位上。

但不会持续太久了。当司机启动引擎，火车驶出车站时，他很高兴自己工作的最后一天是一个阳光明媚的日子。晴天使他所看到的一切明亮又清晰，车厢里的每一个熟睡的旅客，每一座经过的小屋，每一棵树……但也许只是因为这是他工作的最后一天，一切才看起来如此明朗。

日子就像硬币，司机伤心地想。只有当存钱罐底几乎没有剩下任何东西时，它们才会叮当作响。

三十九年了。他熟知轨道上的每一个螺栓，每一个弯道，途经的每一片树林。它们从他身边飞过，消失，然后不见……

他来到了一个长长的弯道，右下角是村庄，左边是陡峭的小山，树木林立。三十九年来，他一直沿着这条轨道精确地驾驶着火车，而这些年来，他脑海中几乎每次都闪过同样的记忆。

怎么可能想不起来呢？它就印在那里，就像驾驶座椅背上的形状一样牢固。

1956 年 7 月。

他看到前面铁轨上有一抹彩色。一个蹒跚学步的孩子，仰着脸，好像被冲过来的火车给吓住了。司机模糊地听到身后车厢里传来了喊声和拳头敲打窗户的声音。他的手伸向刹车柄，然后僵住了。

他不能刹车，不能以他当时的速度刹车，不能在这个弯道上刹车。如果他这样做，火车可能会脱轨。而且即使冒这个险，他也不可能及时停下来。孩子离得很近，司机已经能看到他小夹克上的条纹，他的卷发在微风中飘扬……

司机眼角看到一个移动的物体。他迅速向左边瞥了一眼，嘴巴张得巨大。

一个男人沿着斜坡冲到铁轨上。他跑得很快，不可思议的快，快到足以跟上乃至超过火车。

有那么一秒钟，司机的大脑无法接受他所看到的景象。他惊疑不定。后面车厢里的拳头击打声突然变得更响了。

他做不到！这句话是司机头脑中的一声喊叫。

傻瓜！勇敢、疯狂的傻瓜！

在接下来的几小时、几天和几年里，司机会被一遍又一遍地被要求描述当时发生的事情，尽管他永远无法给出令人满意的答案。在最后一刻，当撞击似乎不可避免时，他惊恐地闭上了眼睛。他没有看到那个飞驰的人影是如何在几秒钟内越过铁轨，抱起孩子，然后翻滚到另一边的安全地带，但是司机已经想象这个场景很多次了，每次都是如此。

如果那个人不在那里，在正确的时间和地点，孩子早就没命了。司机会为此自责终生。

他摇了摇头。孩子得救了，毫发无伤。

他转过弯，村子和小山消失在他身后。那个人跑得多快啊，司机数不清多少次为此惊叹。他跑得多快啊！

好像他生来就是为了奔跑。

第59章

现在，英格兰。

忽略异样，一切如常。

埃尔西头晕目眩，一点儿都动不了。然后她慢慢抬起头。温室的门还半开着。

约翰爷爷站在门口，看着她。

"你在这儿，凯尔西。"他说。

"我打喷嚏了。"埃尔西呆呆地说。

他看起来很老，又感觉一点儿也不老。她能很清楚地看出他当年的影子，依然是十二岁的小男孩，尽管脸上有皱纹。时间改变了他，时间也让他保持了原样。

"我告诉过你我的鼻子很痒，"埃尔西说，"你说是因为我抠的！"

约翰爷爷笑道："是吗？"

他不记得了，埃尔西想。毕竟，那是七十四年前的事了。

"我想里面一定有花粉，"埃尔西说，"我打喷嚏的时候，花粉就出来了。"

约翰爷爷走到她跟前，脚步平稳，没有一点儿跛行的迹象。他们站了一会儿，低头看着时间之花。它的叶子已经变成棕色，卷曲的花瓣已经枯萎成蛛网的颜色。

"你说得对，凯尔西，"约翰爷爷终于说话了，"一定是花粉。"

"你不必一直这么叫我，"她说，"你知道，这是我编造的。"

"但这是你的名字。我给你取的。"

埃尔西茫然地望着他。

"在你出生的时候，"约翰爷爷解释道，"我本想用我母亲的名字给你起名叫埃尔西，但后来我看着你的眼睛，我想，是她！所以，我加了一个 K，变成了凯尔西。"

"我本来打算把'克尔维特'作为中间名，"他接着说，"只是我觉得你妈妈不会同意。"

"你认出我了？"

约翰爷爷点点头。"我一直在想你什么时候会出现。"

"但当我告诉你我来自未来时，你不相信我！"

"我知道，"约翰爷爷说，"我本来还是不相信。然后我想到，如果你这个年纪的孩子真的来自未来，他们可能会像你一样难以解释自己的来历。后来登月真的成功了。"

约翰爷爷笑了："还有第一位女首相，以及满世界的塑料……当互联网出现时，我完全相信了。"

埃尔西说不出话来。她的大脑忙着尝试——但失败了——它无法理清楚整件事。

约翰爷爷把手放在她的肩膀上，他说："等你休息好了，我们再谈。科琳早餐做了薄饼！"

"科琳?"照片上的那个女孩，埃尔西想。约翰爷爷爱上的那个人。

"但我还以为你后来再也没见过她呢。"

"我再也没见过她?"约翰爷爷重复道，"你是说——"

他停下来，摇了摇头："我告诉自己不要问问题了。如果知道事情有不同的结果，生活会发生什么变化，可能会非常……可怕，你不这么认为吗?"

埃尔西点了点头。

"所以，你后来还是娶了她，"她说，"这是怎么回事?"

"我承认，一开始我没有太多机会。你知道，还有很多人爱上了科琳。但后来她侄子出了件事。"

"什么事?"

约翰爷爷做了个鬼脸,挠了挠后脑勺:"我把小家伙从迎面而来的火车下救了出来。纯粹是运气,但这似乎改变了科琳对我的看法。她认为我是英雄。当然,这是胡说。"

"这么说,你做到了。"埃尔西惊奇地说。

"做到了什么?"

"做了一件了不起的事。"

"胡说八道。"约翰爷爷重复道,但从他急于改变话题的样子里,她能看得出他很高兴。

"你做得也不错,"他说,"我是说那只老虎的事。当时我还以为你死定了。"

他们离开温室,沿着房子旁边的小路走,穿过后门进入厨房。科琳站在火炉旁,比照片中那个女孩要胖些,但脸上有着同样的开心。

"曼迪普!"埃尔西喊道。挂着廓尔喀刀的墙上有一张他的照片。他穿着西装,与一群看起来很重要的人握手。

"这些年来我们一直保持联系,"约翰爷爷告诉她,"不久前,科琳和我去印度看望了他。他现在当爷爷了。"

他拉出厨房餐桌旁的一把椅子,埃尔西感激地坐了下来。

直到那一刻，她才意识到自己有多累，有多饿。

她是埃尔西，也是凯尔西。她直面大象，对老虎唱歌，避开了至少十只巨型蜘蛛，在一片寂静的林间空地上看到了神的雕像。她仍然不知道这一切是怎么发生的。

吃过早饭，好好休整一会儿后，她找出一本新笔记本，想要把整件事都写下来。《凯尔西·克尔维特的奇妙（真实）冒险》。她已经知道怎么开头了。

第一章

大多数人在约翰爷爷的客房里发现一只老虎时都会尖叫，但凯尔西只是扬了扬眉毛。她自言自语，真是奇怪……

科琳在她面前放了一个盘子。食物堆得很高，她几乎看不到顶。

科琳说："如果你想吃，还有很多。"

约翰爷爷若有所思地盯着那堆薄饼。

"吃薄饼是绝对没错的。"他说。

永远的老虎

现在，印度中部。

这只幼崽还不到一岁，但体形几乎有一头成年老虎那么大了，是在倒下的大树根坑里出生的一窝幼崽中唯一的幸存者。它的一个姐妹出生后不久就死了，另一个兄弟在六个月后被野狗叼走了。只剩下这只幼崽跟着妈妈，妈妈看向哪里，它就看向哪里，妈妈停下来时，它也跟着停下来。它迈出的每一步都是妈妈结实又轻软的脚步声的无声回响。

它可能是妈妈的影子，但它头上有不同寻常的斑纹，斑纹又宽又黑，使它的脸看起来像被烧焦了。

前一天晚上，它们饱餐了一顿。一头成年野猪。妈妈把它按住，让幼崽去猎杀。它的爪子还很笨拙，牙齿在欣喜若狂中咬住了野猪毛茸茸的脖子。几个小时后，清晨的阳光洒在肩膀上，当它穿过草地，目光注视到妈妈耳后的两块白斑时，它的记忆还很清晰。

它感觉到地上有震动，远处传来隆隆的响声，声音越来越大。妈妈停顿了一下，抬起头来。但这既不是危险，也不是猎物的声音，当然也没有理由改变方向。

在这片森林里，幼崽多次听到过这种声音。那是人类驾驶车辆的声音，车辆在草地和密林之间的宽阔小路上来来回回。他们要么单独出现，要么成群结队，要么缓慢前行，要么快速移动，尘土飞扬，卷成了土色的云朵。然而，无论是快还是慢，无论是单独还是一起，当老虎幼崽和妈妈遇到他们时，他们总是在做同样的事情。

他们会停下来，保持安静。

那天早上也一样。两辆车停在小径上，幼崽的妈妈从树林中钻了出来。它从他们面前穿过，目不斜视，小虎跟在它后面。

车辆与它们只有一步之遥。幼崽闻到了人类身上苦涩的气味，听到了他们的呼吸，里面还充满了奇怪的吸气声和咕哝声。老虎妈妈已经消失在灌木丛中，但幼崽还小，很容易分心。它以前从未如此接近人类，大步走到一半就停下来，看着他们。

刹那间，车上所有的动作都停止了，所有的呼吸也停止了。好像它的头一转，世界就不再运转。

　　因为早在该地区所有人的记忆里，每一代老虎中都有一只像这只幼崽一样的。雄性，体格魁梧，脸上有着同样的烧焦一样的黑色条纹，同样的威风凛凛。它们是如此的相似，以至于公园里负责记录每只动物出生和死亡的管理员都半开玩笑地说，它们就是同一只老虎。这也许就是为什么，不像公园里的其他老虎，管理员从未给这只老虎起过名字。

　　它的名字就是老虎。一半真实，一半传奇，随着日出而生生不息。只要有猎物和足够广阔的森林来容纳它，老虎就会永远活下去。

　　还有那些为了不让它的世界消失而奋斗的人。

　　幼崽在沉寂中盯着人类，它甚至能听到尘土落地的声音。然后，它向旁边瞥了一眼，继续走它的路，走在那条专属于老虎的路上。在这条路上，它能发现每一处异动，听见每一声异响。在这里，它脚步最轻，隐蔽最好，什么也逃不过它的眼睛。

致谢

一如既往，我特别感谢我的经纪人丽贝卡·卡特，她坚定的支持使一切成为可能。感谢菲奥娜·肯尼迪，敏锐的詹妮·格伦克罗斯和西风出版社的整个团队。

我还要特别感谢我的妹妹托马西娜·昂斯沃思，感谢她无尽的爱和鼓励，感谢她成为这场令人向往的冒险中最有趣、最热情和最坚韧的伙伴。

感谢两位来自邦普顿迪野生动物园的博物学家卡兰·辛格·科特拉和桑杰·莫汉，没有比他们更好的印度森林向导了。我永远不会忘记他们的热情、博识和一贯的幽默。

最后，我要感谢所有冒着巨大风险保护野生老虎，为野生老虎的未来保驾护航的人。

塔妮娅·昂斯沃思

波士顿

2020 年 3 月